CE QUE M'A APPRIS FRANÇOISE DOLTO

Paru dans Le Livre de Poche :

ENVOYEZ LA PETITE MUSIQUE

LA MAISON DE JADE

UNE SAISON DE FEUILLES

DOULEUR D'AOÛT

LA CHAIR DE LA ROBE

SI AIMÉE, SI SEULE

LE RETOUR DU BONHEUR

ON ATTEND LES ENFANTS

MÈRE ET FILLES

SUZANNE ET LA PROVINCE

LA FEMME ABANDONNÉE

L'INONDATION

UNE FEMME HEUREUSE

L'INVENTAIRE

UNE SOUDAINE SOLITUDE

LE FOULARD BLEU

MADELEINE CHAPSAL

Ce que m'a appris Françoise Dolto

FAYARD

A toutes les femmes qui m'écrivent pour me raconter leur vie, je dédie ce livre — qui dit la mienne.

J'étais en train de rouler quand avait lieu l'émission. J'arrêtais ma voiture le long d'un trottoir et j'écoutais.

L'image du trottoir, sur laquelle mes yeux se fixaient, s'enregistrait en même temps que les mots ! Un trottoir, ce n'est pas rien, c'est un lieu pour avancer. Au trot, même...

Je n'avais pas d'enfant énurétique ou refusant le sein, capricieux, mordeur, destructeur ; en fait, je n'avais pas d'enfant du tout. Pourtant, tout ce qui était dit là me concernait au plus près : sans doute était-ce à l'enfant en moi, à l'enfant « malade » que cette voix s'adressait.

Une voix sans équivalent, fuyant toute fioriture, venue du plus profond, du plus vrai d'un être.

Quand je la connus, le charme s'amplifia : au-delà de la voix, tout, dans sa personne, était authentique, le sourire, les gestes, la façon de présenter des faits, des idées, de s'adresser au public.

J'assistai à certaines de ses conférences : l'une à Evry, l'autre à la mairie du XVᵉ. C'était toujours d'inoubliables moments. Par ailleurs, je la fréquentais chaque fois que possible et nos vies, peu à peu, se rapprochèrent.

« Vous avez de la chance, me dit-on, d'avoir connu Françoise Dolto. »

Ce fut l'un de mes plus forts désirs, et celui-là, contrairement à d'autres, ne me quitta jamais.

Ma chance, s'il en fut, c'est que moi aussi je lui aie

« plu ». Elle m'a acceptée parmi ses familiers, puis ses proches. (Et même, à un tournant périlleux de mon existence, comme consultante.)

Pour mon compte, il n'y avait qu'une chose que je pouvais lui donner : de l'amour.

Cela n'allait pas de soi.

Personne, je crois, n'avait autant besoin d'amour que cette femme et n'y était plus sensible, tout en s'en méfiant autant. Du moins dans la forme et l'expression que prend si souvent l'amour : pomper l'autre, l'étouffer, le dévorer. Ou même, tout simplement, se l'attacher.

Chaque fois que je lui ai exprimé ma tendresse et mon affection grandissantes, je l'ai sentie très émue et, en même temps, d'une façon subtile, elle me « détachait ». Oui, elle ne voulait pas que je sois — pas plus moi que les autres — attachée *à elle. Et ceci d'une façon si opiniâtre qu'elle est parvenue à ce miracle : nous rendre à nous-mêmes au moment de sa mort, de manière à ce que la terrible séparation nous soit le moins triste, le plus supportable possible.*

Je ne connais pas d'autre exemple d'une telle grandeur.

Elle est morte le 25 août 1988, avant d'atteindre ses quatre-vingts ans. Les livres, les témoignages, les hommages ont déjà afflué. Ce n'est qu'un début. La mise en place de cette personne hors mesure — et en même temps parfaitement représentative de notre temps — sera longue, car la richesse et l'ampleur de son œuvre sont incomparables.

Là aussi, comme dans son comportement affectif, sa façon de travailler consistait à ne prendre la place de personne. *Toute jeune, elle a refusé d'être interne pour cette raison même, sachant qu'elle n'exercerait pas la médecine en milieu hospitalier. Elle s'est donc appliquée à ne pas détruire, ne pas écraser, ne pas condamner, donc à ne pas « dominer » de son vivant. Sauf, bien entendu, dans sa pratique et sa clinique. Elle s'y révélait magistrale.*

Aux journées de l'EPCI (l'Ecole de propédeutique à la connaissance de l'inconscient) qui lui furent consa-

crées, j'ai pu entendre ses pairs déclarer que, dans leur discipline, la psychanalyse, Françoise Dolto n'a pas fait moins qu'inaugurer « une ère nouvelle ». Elle a « secoué le système, ranimé la flamme, rendu la psychanalyse plus chaleureuse, plus humaine, plus directe ».

Du côté du public, même reconnaissance : des professionnels du livre m'ont confirmé qu'à leur vive surprise, Mme Dolto est devenue un « grand auteur populaire » : ses ouvrages ne cessent de se vendre, même ceux qui peuvent paraître « difficiles ».

Ils ne le sont pas. Ils tirent leur substance de l'enfance et l'enfant en nous s'y reconnaît. Françoise Dolto a répété jusqu'à son dernier jour : « Les enfants m'ont tout appris. »

Elle était la première à les écouter comme elle l'a fait : sans savoir préalable, sans préjugés. (Sigmund Freud, pour sa part, n'a jamais directement traité un enfant — pas même le petit Hans —, et Françoise Dolto, en approchant les enfants, en particulier ceux qui ne parlent pas, a été une pionnière en France.)

Lorsqu'elle paraît créer, inventer des mots, des néologismes, elle ne les tire pas, comme les scientifiques, de l'étymologie, mais de son contact avec les enfants. Elle aimait dire qu'elle avait appris à « parler bébé » et que c'était un langage spécifique.

C'est pourquoi le bébé, en nous, la comprend d'emblée. Des mots comme « mainbouche », l'« allant-devenant », nous sont intimes, comme ceux qu'invente la tendresse.

C'est après sa mort qu'est paru son Autoportrait. *Françoise Dolto n'a pas eu le temps de revoir ce texte enregistré par plusieurs personnes réunies à son chevet dans les toutes dernières semaines de sa vie. Ce qu'elle dit là, elle l'avait néanmoins en partie écrit, notamment dans* Enfances.

Toutefois, consciente de sa mort prochaine, elle a fait en quelques séances un prodigieux survol de son parcours où chacun relèvera à son gré des points différents.

Par exemple, que sa mère a tout tenté (comme ne

pas la réveiller un jour d'examen) pour l'empêcher de faire des études. Que sa vie a été marquée par des « chagrins d'amour » faits de deuils précoces, et par la culpabilité qui en a résulté.

Qu'il y eut cette grande passion, pour son mari, exempte de toute jalousie — et quelle leçon d'amour !

Qu'elle a pu bénéficier d'une analyse, mais qu'elle allait alors si mal qu'elle pleurait sans proférer un mot au cours des premières séances.

Qu'elle a accepté tout de suite de s'occuper du « pire » : certains enfants dont les services pédiatriques ne savaient que faire. Elle s'est immédiatement aperçue que tout passait par la parole, et c'est en observateur scientifique qu'elle décrit par le menu ce qu'elle a vu, perçu, « intuitionné ». Et elle le dit.

C'est ce qui me touche le plus dans l'œuvre et la vie de Françoise Dolto : sa conviction que tout ce qu'elle découvre doit circuler.

Faire connaître aussitôt une vérité nouvelle, fût-elle choquante, était pour elle un « devoir ». Jusqu'à son dernier souffle — littéralement —, elle a travaillé à faire savoir, à faire comprendre, à raconter, diffuser.

L'ultime fois que je l'ai vue, elle m'a raconté avec son enthousiasme ordinaire les derniers cas qu'elle venait de traiter et de soulager juste avant de s'aliter. (Elle s'arrimait sur le dos des bouteilles d'oxygène pour aller encore travailler.)

Elle avait passionnément besoin de faire savoir quelque chose — ce que d'aucuns appellent « mettre sur la place publique » — dès que c'était vécu et découvert.

Scientifique, elle se conduisait à la façon des journalistes, disant ce qu'elle avait à dire au jour le jour, dans l'urgence et au mépris du scandale ou du choc en retour.

Elle a souffert, bien sûr, du contrecoup de sa non-prudence délibérée. Elle a été attaquée, tenue à l'écart, critiquée et même méprisée.

Rien ne l'a arrêtée.

Quand on lit Autoportrait, *on apprend que ce choix d'aller au devant de sa vérité, en en payant le prix,*

Françoise Dolto s'y est consacrée dès son plus jeune âge, dans des circonstances affreuses. Au lieu de se laisser mutiler, déjà comme femme, elle prend alors le chemin sublime : celui où l'on renonce à accuser pour comprendre et dépasser par l'amour.

C'est, à quinze ans, la première preuve de son génie.

Je garde en mémoire le moindre détail de son appartement et je sais que je ne suis pas la seule : tant de gens sont venus là, reprendre confiance, apaiser des désespoirs, découvrir le sens de leur vie, jouir de cette chose si rare, la présence totale de quelqu'un.

Un médecin, un thérapeute, s'il reçoit sa clientèle chez lui, réserve une pièce anonyme à l'attente, et une autre, encore plus vide, à la consultation. Françoise, elle, vous recevait « chez elle », dans son salon, puis son bureau, sur son lieu de vie. Dès l'entrée, des photos, des objets personnels vous mettaient « en famille ».

Lui fallait-il répondre à la porte, au téléphone ? Elle le faisait avec un naturel qui laissait entendre : pas de protocole, pas de faux-semblant, pas de poudre aux yeux ni recherche abusive de secret ou d'autorité. Cette simplicité signifiait également : « Je vous fais confiance. » Et aussi : « Il est difficile de vivre, tout autant pour moi que pour vous ; c'est ensemble que nous allons chercher la vérité avec les moyens du bord. Allons-y ! »

Assise face à Françoise Dolto, laquelle, pieds croisés, conservait souvent ses jambes entrouvertes, peut-être à cause de la rotondité intérieure de ses cuisses, j'ai parfois éprouvé l'impulsion de me jeter sur elle pour la caresser.

Réprobation immédiate de mon surmoi : « Ça ne va pas ? D'abord, c'est une femme ; ensuite, c'est ton analyste ; enfin, tu sais l'âge qu'elle a ? »

Ce qui fait que mes fantasmes de désir sexuel envers Françoise n'ont jamais été suivis d'un commencement d'exécution. Je n'ai même pas bougé un petit doigt de peur qu'elle ne les soupçonnât !

L'crreur, c'est que je ne lui en aie pas non plus fait l'aveu.

Or, lorsqu'on a la chance de se trouver en situation psychothérapique, il est recommandé de formuler ce que l'analyste vous fait éprouver, ce qu'on ressent et pense à son propos, afin de le « travailler » et d'aller plus loin en soi-même.

Si je me suis retenue, je me l'avoue aujourd'hui, c'est que je la sentais fragile — du moins sur certains plans, en particulier celui des effusions, peut-être aussi de l'érotisme.

Me trompais-je ?

Possible, je ne saurai jamais ce qu'elle m'aurait répondu — de génial, sans aucun doute — si je lui avais dit : « Françoise, j'ai envie de coucher avec toi ! »

Ou si je m'étais précipitée sans un mot dans ses bras.

De cette expérience, il me reste toutefois un acquis.

D'abord, cette constatation : en dépit de la règle édictée dès le départ — ne rien cacher car ce qui vous passe par la tête en séance appartient à l'analyse —, on ne confesse pas tout à son analyste.

C'est en partie de sa faute à lui : chaque praticien a ses faiblesses, et nul ne les détecte mieux que l'analysant. Certains en profitent pour enfoncer leur pointe juste là où ils savent que le ventre est mou. (D'où la fatigue subséquente des pauvres analystes qui feraient bien, parfois, de réajuster leurs tarifs : ce qu'on leur fait d'inhumain mérite compensation.)

D'autres analysants, comme moi, évitent de formuler, presque de penser ce qui, croient-ils, risque de gêner leur thérapeute. Ou de lui faire mal.

Toutes ces attitudes sont à « analyser » face à celui qui les provoque. Dans le cas de mes élans envers Françoise Dolto, c'est trop tard, je ne l'ai pas fait ni ne le ferai jamais.

Du moins avec elle.

Je revenais de chez mon père, rue de Rivoli.

Conduire aux heures de pointe, stagner dans les boyaux constipés de la capitale où chaque véhicule, dont le nôtre, constitue un obstacle, est fastidieux.

Je déteste l'immobilité, qui m'angoisse. Machinalement, j'ai branché la radio. Un son quelconque, issu du poste, me rassérène en me rappelant qu'il existe un autre univers que celui de la stase automobile. En cas de bouchon tenace, je préfère d'ailleurs les voix à la musique : elles éveillent en moi plus de résonances, me font mieux oublier que je perds mon temps dans les embarras de la ville.

Et je l'ai entendue.

Que disait-elle ?

Je ne sais plus, mais la voix anonyme de ce « Dr X » a si bien capté mon attention que lorsque, quelques jours plus tard, le hasard a voulu que je retombe sur son émission, dans la même paralysie automobile (le « mobile » sonne alors comme une raillerie !), je n'ai plus eu cette fois envie d'avancer.

Garant ma voiture le long d'un trottoir, je suis restée là, sans bouger, jusqu'à la fin de l'émission, à écouter cette voix qui me parlait de ce qui m'était à la fois le plus proche et le plus étranger : moi-même !

Mon « moi », à l'époque, était particulièrement perdu dans ses propres contradictions. Pis encore : « moi » n'intéressait personne.

Pas même... moi !

Née dans un milieu où il ne s'agissait que d'exécuter son travail dans les délais et à la perfection — le milieu de la haute couture —, je n'avais jamais entendu parler de cette chose prodigieuse : le monde intérieur.

Et sur quel ton de liberté !

Ce n'était pas la miss anglaise que Maman avait cru bon d'engager pour la relayer qui m'y aurait initiée : pour les sujets britanniques, il convenait seulement de se montrer *proper* (suivre les codes en usage) et *considerate* (feindre de tenir compte d'autrui), toute démonstration émotionnelle étant considérée comme superflue et déplacée, *shocking*.

Pas question, bien entendu, de se préoccuper de son corps, de ses besoins, de ses désirs, à peine de sa propreté : par pudeur, les Anglais ne se lavaient point trop à l'époque. Il était indécent de connaître les mots du vocabulaire qui servent à désigner les différentes parties de notre anatomie. Miss allait jusqu'à m'interdire l'usage du mot *belly* (ventre), qui ne devait pas être utilisé par des jeunes filles bien élevées : je n'avais droit qu'à *stomach*. Pauvre estomac qui s'étirait de l'œsophage jusqu'à l'entrecuisse ! Le mot *thigh* (cuisse) n'existait pas non plus, trop osé ; le vocable *leg* (jambe) était censé désigner le tout.

Je revenais de loin.

Ou, plutôt, j'y étais demeurée.

Bien sûr, je n'étais plus une oie blanche, les doigts de mes jeunes amants avaient parfois glissé de mon *stomach* à mes *legs* en passant par des endroits fort sensibles.

Toutefois, innommables. Et innommés.

A cette époque où l'éducation sexuelle semblait une obscénité, les caresses amoureuses n'étaient pas accompagnées de mots. Je n'avais jamais entendu prononcer, par aucun de ces charmants garçons, celui de clitoris, par exemple, ni rien qui eût trait à leurs propres organes génitaux.

Je me souviens de l'un d'eux me disant un jour au lit : « Vous avez de beaux genoux. » L'indécence du propos me foudroya ! Il avait donc regardé mes genoux — j'étais toute nue ! — et osé porter un jugement à leur propos !

Je rompis aussitôt.

Je me rappelle également le jour où je courus toutes affaires cessantes chez le gynécologue. (De persistantes douleurs au ventre avaient fait qu'en dépit de ma gêne, j'avais dû accepter d'en consulter un.)

— Docteur, j'ai une grosseur !

— Où ça ?

— A l'intérieur.

— Je vais vous examiner. Etendez-vous.

Ce qui fut fait.

— Mais, je ne vois rien. Montrez-moi !

J'indique, comme je peux, la grosseur que j'ai palpée à l'intérieur de mon vagin après une toilette intime un peu plus poussée qu'à l'habitude.

Je lis l'ébahissement sur le visage du gynécologue.

— Mais enfin, vous ne savez pas ? A votre âge !

— Quoi donc ?

— Eh bien, ce que vous sentez là, c'est le col de l'utérus ! C'est tout à fait normal ! Que vous a-t-on appris ?

Pour moi qui me voulais une fille intelligente et croyais ne reculer devant aucune des réalités de la vie, l'humiliation fut profonde. Je rentrai à la maison bien plus abattue que si le médecin m'avait découvert quelque maladie...

Quel pouvait bien être mon tort pour ignorer ce qu'apparemment tout le monde savait ? J'avais beau chercher, je ne trouvais pas.

Mon adolescence s'était déroulée normalement, je m'étais mariée à vingt ans, j'aimais les garçons, qui me le rendaient bien, et j'avais lu tout ce qu'on pouvait lire. Même l'Arioste et des traités d'obstétrique !

Alors ?

Alors le monde où je vivais était le monde du silence, du refus de savoir, de nommer, d'apprendre, de transmettre, surtout aux femmes.

Je dirais aussi : le refus d'aimer la vie dans son entier.

D'où ma stupéfaction, mieux : mon enchantement, quand j'entendis soudain, en plein après-midi parisien, la voix rassurante de Mme Dolto parler à la radio — oui, en plein dans le poste ! — de pénis, de vagin, d'érection, d'éjaculation, de pipi au lit !...

C'est cela qui me frappa le plus : le pipi au lit.

C'était arrivé à ma sœur cadette lorsqu'elle était petite. Pour moi, si ce fut le cas, j'avais oublié. L'étalage des draps à la fenêtre, les sourires entendus des adultes, quelle honte !

Or, face à l'obélisque — je m'étais rangée place de la Concorde —, dans le divin gris-bleu de la lumière de Paris, Mme Dolto expliquait avec simplicité les raisons pour lesquelles un petit enfant fait pipi au lit et arrête de faire quand le motif particulier de son incontinence est compris et lui est signifié.

Cette femme s'exprimait avec un naturel, une clarté, je dirais même un amour — oui, un amour ! — qui firent que quelques-uns des liens qui broyaient mon cœur sautèrent dans l'instant et pour toujours ! Comme dans les films policiers, lorsqu'on tranche à coups de canif ou de poignard les attaches d'un prisonnier, lequel se frotte ensuite les poignets.

C'est intérieurement, si je puis dire, que je me frottai, là où la circulation venait douloureusement de reprendre son cours.

Mme Dolto expliquait en effet que lorsqu'un enfant, à l'âge où l'on commence d'habitude à être propre et à avoir la maîtrise de ses sphincters — « la maîtrise de ses sphincters ! », je me délectais de l'expression —, continue à mouiller son lit, c'est qu'il a quelque chose à dire !

Mais, comme lui-même ne sait pas de quoi il désire se plaindre, qu'il n'a pas les mots pour l'exprimer, ou que ses parents et éducateurs ne sont pas prêts à l'entendre, ou ne le veulent pas, son message se traduit par le passage à l'acte. En l'occurrence : le pipi au lit.

C'est, en quelque sorte, son « hiéroglyphe ». Qu'il reste à déchiffrer.

J'ai adoré ça.

Non pas le pipi au lit, lequel n'était pas du tout mon souci, n'ayant pas d'enfants et ne connaissant personne qui en souffrît, mais le fait qu'on puisse s'exprimer par des actes aussi ordinaires, et même triviaux, pour informer les autres, ces sourds, que quelque chose de capital ne va pas.

« Depuis que mon petit frère est né, tu ne m'aimes plus ! »

Ou : « Pourquoi papa nous a-t-il quittés ? »

Que le corps humain en son entier soit un moyen d'expression, une source de langage — Mme Dolto allait développer ce thème dans *Tout est langage* —, fut pour moi une fantastique révélation.

A dire vrai, j'en étais convaincue depuis toujours. Mais j'ignorais que je le savais.

Car rien ne peut nous atteindre ni résonner en nous — surtout avec une telle force — qui ne s'y trouve déjà. A attendre.

Quoi ?

Les mots pour le dire.

L'amour pour l'incarner.

Jour après jour, je montais dans ma voiture à l'heure dite — n'ayant pas de poste radio à la maison — pour demeurer garée là où je me trouvais, ou bien rouler doucement en écoutant « la voix ».

Je ne savais guère qui était cette dame dénommée « le Dr X ». J'ignorais qu'elle était une amie du célèbre psychanalyste Jacques Lacan, que je connaissais par ailleurs. J'ignorais même à quoi elle ressemblait.

Je savais seulement qu'elle parlait à mon cœur et qu'elle le soulageait de ses peines.

Ce qui est encroûté et enkysté ne se laisse pas atteindre du premier coup par la parole. Il y faut parfois cent ans, comme dans *La Belle au bois dormant.* Le Prince réveille la Belle endormie non par un baiser ou un attouchement, mais en lui disant : « Réveille-toi ! »

En l'occurrence, c'était moi, la Belle au bois dormant.

Ce fut ma première expérience du « pouvoir des mots ». De la guérison par ce qui constitue le fondement de la psychanalyse — la cure par la parole —, dont certains continuent à dénier l'efficacité, voire la réalité. Sans doute pour ne pas l'avoir expérimentée. Ou parce qu'ils la redoutent : tout le monde ne désire pas être « guéri » ou « aller mieux ». (Quel chambardement dans les habitudes !)

Mais je ne me disais rien de ce genre, en ce temps-là. Quand on ne sait même pas qu'on a un col de l'utérus (le *museau de tanche,* dit-on aussi en gynécologie), qu'il peut s'allonger et s'ouvrir dans le plaisir pour mieux aspirer le sperme, que peut-on connaître du pouvoir des mots ?

Ce qui risque pourtant de se produire, c'est de s'apercevoir que les mots nous changent, nous transforment.

Voilà qui était précisément en train de m'arriver par le canal des ondes. Mais il faut ensuite beaucoup de temps — et de bonne foi — pour en tirer profit.

L'émission de Françoise Dolto était quotidienne et le « Dr X » se mit à recevoir un courrier de plus en plus abondant. C'est sa fille Catherine qui était chargée de le dépouiller et de le trier. Mme Dolto répondait chaque jour par la voie des ondes à plusieurs personnes, souvent des femmes, sur différents sujets qui se recoupaient.

Avec un courage que je perçus d'emblée, c'est sans la moindre esquive qu'elle faisait face à la douleur d'autrui. Quitte à la divulguer plus encore que n'avait osé le faire son interlocuteur : « Mais c'est grave, ce que vous me dites là. Un grand malheur, ça doit vous faire beaucoup souffrir... Vous êtes dans la peine... »

Jamais encore je n'avais entendu quelqu'un s'exprimer avec une aussi totale sincérité, surtout pour inviter ceux qui étaient dans la détresse à se plaindre.

Autour de moi, le code en usage voulait qu'on se tût et prétendît — fût-on sur le point de sombrer — qu'on n'avait pas mal. Plus on souffrait, plus on vous exhortait au silence : « Surtout, ne t'en fais pas, ce n'est rien, ça va passer. N'y pense pas ! » (N'est-ce pas ce qui fait que trop d'adolescents s'adonnent brusquement à la drogue ou se suicident : comment se plaindre ? à qui parler de ce qui « ne va pas » quand on leur serine : « Vous en avez de la chance, d'être jeunes » ?)

— Mais pensez-y, à votre souffrance ! disait Dolto. Il est enfin temps d'aller au fond de votre malheur, c'est comme ça que vous parviendrez à en sortir ! Vous en avez la force, nous l'avons tous, puisque nous sommes vivants !

Ce message d'espoir et de réconfort me touchait d'autant plus que je le sentais accordé à la nature humaine — la mienne.

Des courriers du cœur, il y en avait — il y en a toujours — plein les journaux et les magazines. Mais, avant de vous inciter à tourner la page pour prendre connaissance d'un nouveau patron de robe, ils vous rabâchent la même antienne inefficace : « Vous êtes en peine ? Prenez sur vous ! »

Prendre quoi ? Où ? Quand on ne sait même pas pourquoi l'on souffre, parfois même qui l'on est !

Ou alors : « Ne vous en faites pas, cela va s'arranger tout seul avec un peu de patience et du courage. Mesdames, à vos aiguilles ! A vos tapisseries ! »

Ce qui n'est absolument pas vrai : du courage, les êtres humains, surtout les femmes, n'en ont que trop ; de la patience et de la persévérance aussi.

Ce qu'il nous faut, c'est du savoir sur nous-mêmes, et ce savoir passe par les mots. Par l'expression de soi.

J'étais en train de le découvrir à plus de trente ans. Ce qui n'était pas trop tôt !

Pas trop tard non plus, car ce ne l'est jamais...

L'émission traitait en majorité de cas d'enfants. Les enfants, je l'apprendrais plus tard, sont le « symptôme » du malaise des adultes. Quand on est incapable de parler de ce qui ne va pas en soi-même, on parle d'eux : l'enfant boudeur, l'enfant fugueur, l'enfant boulimique, anorexique, brutal, insomniaque, nul en classe...

Certaines femmes confessaient aussi des chagrins plus intimes : mésentente avec leur conjoint, difficultés à tout mener de front — la vie professionnelle, familiale, ménagère...

Rien ne s'appliquait vraiment à mon cas, et pourtant je me reconnaissais en tout. « Oui, c'est bien comme ça que ça se passe ! »

J'avais envie de baisser ma vitre et de crier aux passants ce qui venait de se révéler à moi dans l'éblouissement de la vérité : « Tout est simple, il suffit d'en prendre conscience ! On n'a qu'à s'y mettre tous ensemble, et tout ira mieux ! »

A l'époque, le drame de ma vie — qui reste celui de beaucoup de femmes —, c'est que je n'avais absolument personne à qui parler. Avec qui partager cette vérité nouvelle qui était en train de me transformer : tout est langage, tout peut se dire. Surtout le malheur, la souffrance, ce qu'on m'avait appris à considérer comme honteux, « indicible » !

Quant à la douleur, ce pain quotidien, j'allais découvrir — ce serait long — qu'elle n'est pas la fin de tout. La douleur, c'est seulement le chemin vers le fond de soi. Ce point ultime où, en se rencontrant soi-même, on finit par rencontrer les autres.

Sans les autres, on n'est rien. (« Sans amis, on n'est rien du tout », disait mon père qui avait tout compris à sa façon, mais ne m'avait rien communiqué.) Cette évidence, difficile à saisir d'emblée, quand, par orgueil, on prétend se construire seul, ou, par humilité, on s'estime imprésentable aux autres, Françoise allait inlassablement la redire.

On m'avait inculqué le contraire : à taire ma vérité intime, comme à fuir toute parole et même toute pensée qui eût risqué de déranger l'ordre établi. (Ce que continuent d'imposer les sectes, les partis totalitaires, les ordres religieux, voire, de manière plus insidieuse, les sociétés « normales », plus ou moins moralisées.) On m'avait également enseigné, à la spartiate, que j'étais seule au monde.

Quel splendide travail m'attendait pour tout débâtir et tout reconstruire autrement !

Rien que de songer à cette époque où je me débattais dans l'obscurité, l'envie me prend de m'y retrouver pour avoir encore devant moi toutes ces découvertes à faire ! (J'ai entendu Mme Dolto déclarer à des personnes qui s'excusaient presque de se trouver en situation d'avoir recours à la psychanalyse : « Quelle chance vous avez ! Toutes ces choses nouvelles, ces transformations qui vous attendent ! »)

Je ne pouvais alors que les pressentir, sans la moindre idée de la façon dont j'allais m'y prendre. Je me sentais tellement paralysée, ligotée, aveugle — je parle de mon être intérieur.

Pour tout viatique, je n'avais au début qu'une voix sans visage.

Sa voix.

Minuscule lumière dans les ténèbres.

Lui ai-je jamais dit à quel point elle fut pour moi miraculeuse ?

Françoise n'aimait pas entendre de telles déclarations. Elle ne croyait pas aux compliments. Ou plutôt, ils la gênaient pour avancer. Elle aussi, sur son chemin, avait besoin de continuer à « mettre en mots » pour son propre compte, afin d'aller vers ce qu'elle m'apprit à redouter un peu moins : la mort. (La mienne comme celle des autres.)

Les rodomontades sur les succès passés ne lui servaient à rien.

Ma relation avec Françoise Dolto aurait pu en rester au radiophonique si elle n'avait publié un livre, *Le Cas Dominique.*

Nous étions en 1971 et toutes sortes d'analystes sortaient alors de nombreux ouvrages. On avait commencé la publication complète des œuvres de Freud en français, entreprise qui paraissait interminable tant le père de la psychanalyse a laissé d'ouvrages, d'articles et de correspondances.

Si, dans cette marée, je me sentis particulièrement attirée par le livre de Françoise Dolto, c'est que se trouvait dans le titre le mot « cas ».

Lorsque j'étais adolescente, on appelait « subjectivisme » tout ce qui consistait à s'intéresser à la vie intérieure, à la psychologie, à condition d'admettre — ce qui n'était pas le fait de tout le monde — qu'on en avait une. Toutefois, cela restait fort théorique, tout comme cette notion d'inconscient qu'on m'avait inculquée en classe, obscure instance qui cohabitait tant bien que mal avec le conscient.

En chacun de nous, il y aurait eu une sorte de pot au noir qui contenait tout ce que nous ne savions pas ou ne voulions pas savoir de nous-même. Je n'y croyais qu'à demi, car mon inconscient, je ne l'avais pas « ressenti », je n'en avais pas « pris conscience », en quelque sorte, il ne m'était jamais apparu sous aucune forme ! Or, n'étais-je pas prête à tout admettre de moi-même : ce que j'étais, pensais, ressentais, même le pire, l'amoral, le scandaleux ? Si j'avais un inconscient, il ne pouvait qu'être réduit au minimum, et croire en lui relevait, comme pour l'existence de Dieu, de l'acte de foi.

Il m'arriva même de me dire dans une sorte de défi : « J'ai désormais tout pensé de ce qu'on peut penser. Que la vie va être ennuyeuse... »

Comme, à l'époque, je ne fréquentais aucun interlocuteur intéressé par le sujet, nul ne chercha à me contredire. Mais je ne devais pas être tout à fait satisfaite par mon raisonnement, car je demeurais à l'affût d'un démenti.

Mon attention fut donc captivée par le mot « cas ». Je pressentais que seule la description d'un « cas » — c'est-à-dire la relation quasi scientifique (ce que ne sont pas les romans dits « psychologiques » dont je m'abreuvais) de ce qui se passe chez une autre personne — pouvait m'apporter du « nouveau », me révéler une différence. En somme, me mettre face à ce qui me manquait : la contestation.

(Plus tard, j'appris à le nommer « l'Autre », cet interlocuteur, et à savoir qu'il réside en soi dès le départ ; sinon, notre être serait bien en peine de se constituer...)

Le Cas Dominique est le deuxième ouvrage de Françoise Dolto (le premier est sa thèse *Psychanalyse et Pédiatrie,* 1961). C'est un livre extraordinaire.

Le mot peut d'ailleurs s'appliquer à tous ses écrits, et même à tout ce qu'elle a énoncé.

Ce qui place d'emblée son discours à l'écart de tous les autres, c'est qu'elle part de la conviction que son lecteur ou son auditeur vont comprendre aussi bien qu'elle ce qu'elle est en train de leur communiquer.

(Je me souviens de mon ébahissement lorsqu'elle me demandait : « Qu'est-ce que tu en penses ? », sur des sujets de son domaine où je me considérais comme non initiée. Après le premier choc, je découvrais pourtant que j'en pensais quelque chose, fût-ce sous la forme d'une question, et que cela valait la peine d'être exprimé.)

C'est donc sans préambule que Françoise Dolto

nous introduit au cas de cet enfant qu'elle a surnommé Dominique.

Je savais, comme tout le monde, qu'il y a des gens qu'on nomme « fous » et qui sont dès lors reclus dans des asiles, des sortes d'hôpitaux-prisons où on les interne pour les protéger d'eux-mêmes tout en défendant la société contre leurs entreprises agressives.

Ces gens-là, pensais-je, sont totalement différents des autres : des déchets, des malades avec lesquels tout contact est impossible, car ils demeurent imperméables au raisonnement, aux sentiments et même à leur propre intérêt.

Pour s'en occuper, il faut avoir la vocation et, comme certains médecins et infirmiers, leur consacrer sa vie. (Je n'avais pas encore suffisamment lu Freud qui révèle que c'est en étudiant les « malades » mentaux qu'on peut commencer d'approcher cette structure d'une complexité abyssale : le fonctionnement de l'esprit humain.)

Or, sans aucune de ces mises en garde que Freud multiplie dans son *Introduction à la psychanalyse,* Françoise Dolto vous présente son petit patient comme si vous vous trouviez avec elle dans le cabinet de consultation.

Comme si, depuis toujours, vous saviez ce que c'est qu'un enfant fou.

Je me souviens encore de ce moment-là : j'en suis restée la bouche sèche. Cela pouvait donc être aussi anormal, un être humain, en arriver à ce point de déréliction ? (Déjà, en 1945, à la lecture des relations de ce qui s'était passé dans les camps de concentration, le fonctionnement de la machine nazie m'avait paru fou — c'est-à-dire foncièrement inexplicable. Toutefois, en tant qu'individus, et c'était bien là le pire, les bourreaux paraissaient normaux, ce que nous confirma le procès de certains d'entre eux.)

Qu'est-ce que c'était que cette « chose » à forme humaine dont Françoise Dolto m'entretenait par livre interposé ? Qu'est-ce qui pouvait bien motiver l'intérêt d'une femme aussi intelligente pour ce sous-être ?

Sans compter qu'une sorte de sentiment larvé, déplaisant, me taraudait, m'incitant à lâcher le livre : après tout, si Dominique était comme ça, c'est qu'il le voulait bien !

Si les fous sont fous, c'est sans doute qu'ils tiennent à l'être !

J'appris par la suite que ce sentiment — très généralement répandu — ne correspond en rien à la réalité : on n'est pas fou « exprès » ; mais qu'il n'est pas non plus tout à fait faux.

La folie, ce cercle de fantasmes et de dénis qui isole de la réalité, fonctionne également comme un anneau de protection dans lequel l'être humain, quel que soit son âge, peut s'enfermer pour échapper à une souffrance encore plus atroce. Car la capacité de douleur de l'espèce humaine, comme son aptitude à la spiritualité — qui de nous ne le pressent ? —, n'a pas de limites.

Sans le savoir, j'étais comme un petit poussin non né qui tape de son bec mou contre l'intérieur de la coquille. Pour en sortir, bien sûr, mais aussi pour vérifier s'il y a quelqu'un de l'autre côté : « Maman, y es-tu ? »

J'avais besoin d'une mère.

Poule.

Ma fonction à *L'Express* était de lire tout ce qui paraissait. (A l'époque, c'était pour *L'Express* ; à présent, c'est pour le jury Femina.) Avoir accès à l'ensemble de ce qui est publié donne le sentiment que rien de nouveau ne vous échappe ; comme dans *Le Désert des Tartares,* on guette en sentinelle aux frontières. C'est souvent une illusion, et quantité de journalistes littéraires — ne disons plus « critiques », le mot est trop beau pour s'appliquer aux petits maîtres d'aujourd'hui — jettent un œil blasé sur tout, y compris sur eux-mêmes. C'est que sentir, flairer le « nouveau » requiert un sens spécial. Personne ne l'a en tous domaines. (Certains ne l'ont dans aucun.)

Si je ne suis pas experte en histoire, en anthropologie, en philosophie, en sciences physiques, mathématiques et autres, en revanche, je perçois tout de suite de quoi il retourne en psychologie. J'ai été l'une des premières à parler dans *L'Express* de Bettelheim (alors totalement inconnu et devenu mon ami), de Lacan (je l'ai interviewé dès 1963), de Maud Mannoni, longtemps ignorée, de Serge Leclaire, de Françoise Dolto, des antipsychiatres.

Je sentais d'emblée qui était qui ; je veux dire : qui demeurait dans l'institution et qui inventait, créait, faisait acte et preuve de génie libre.

Cela ne signifie pas que j'en avais, moi, du génie, mais que j'avais besoin, pour ma propre édification, de ce savoir-là.

En particulier, en tant que femme, j'ai toujours été extrêmement sensible — comme certains juifs à l'antisémitisme le mieux dissimulé — à l'antiféminisme, fût-il indécelable. Or, les analystes auxquels je me suis attachée en étaient exempts. Ou presque. (Qui n'est peu ou prou, à commencer par moi, antiféministe ?)

Car ce qui n'était pas constitué en moi, ou à peine, c'était la femme. Cela ne se « faisait » pas, à l'époque. Du temps de mon adolescence et de ma prime jeunesse, une femme n'avait pas droit à son être propre. Simone de Beauvoir — grâces lui en soient rendues ! — fut la première à l'exprimer. Une femme n'était qu'une ombre, un double, un deuxième sexe, priée de se conformer à l'image d'elle — tantôt sainte, tantôt satanique — que les hommes s'en étaient forgée à travers les siècles. (Lacan fit remarquer que « la femme », expression dont chacun se gargarisait, n'existait pas dans la réalité : il n'y avait que *des* femmes, toutes dissemblables, toutes particulières. Scandale !)

Etre différente, se montrer « autre chose » relevait

du sacrilège. On le payait d'ailleurs fort cher, et de toutes les façons !

Dès mon plus jeune âge, je ne me suis d'emblée senti aucune vocation à être la putain ou la mamma. Je me suis sentie « moi ». Je *voulais* être moi — et tant pis pour les conséquences. (Il peut y en avoir de bonnes...)

Toutefois, j'avais besoin d'aide.

Qui n'a besoin d'aide pour s'affirmer, du moins au début ?

Ce fut cette femme d'âge, en apparence aux antipodes de moi, mère de famille, épouse, personne de devoir, insoucieuse du monde de la couture et du journalisme — mes deux univers à l'époque —, qui allait devenir mon guide à travers les enfers.

Ceux que chacun porte en soi et tâche d'ordinaire de nier ou de contourner...

« Tu sais, m'a-t-elle dit quand elle m'a acceptée auprès d'elle, une psychanalyse, c'est parfois abominable. Mais pas toujours... »

De toute façon, je ne voulais pas demeurer là où j'étais, encore moins revenir en arrière. Je venais de divorcer, j'étais seule, j'étais libre et assez désespérée.

Prête à tout ?

Peut-être, sauf à une chose : je ne voulais pas me « détruire », je ne voulais pas de l'abjection. J'avais trop aimé Racine, La Fontaine, Molière, Balzac, Zola, pour me « laisser aller »...

(Et puis, cela leur aurait fait trop plaisir, aux autres — aux hommes...)

Je ne voyais pour moi qu'une issue : vers le haut.

C'est ainsi que je me suis mise en route. Non sans me faire violence : mes poignets en portent quelque trace.

A *L'Express*, dans mon rôle de journaliste, je m'étais mise à vivre en partie double. En apparence, rien n'était changé, je m'habillais, me comportais comme j'avais appris à le faire. Mon but — inconscient — était simple : conserver mes avantages.

Des avantages, nous en avons tous. Les uns sont sociaux : position, métier, appartement. Les autres, affectifs : un conjoint, des gens qui nous aiment. Bouleverser ce qui est notre sécurité au nom de notions nouvelles qui viennent de nous apparaître — et qui ne sont même pas avérées —, il n'en est pas question.

Enfin, pas tout de suite.

Car j'ai très vite constaté que les brèches ouvertes par Mme Dolto, les changements que provoquaient en moi certaines de ses paroles, étaient définitifs. Une fois percutée par ses propos, je ne pouvais plus revenir en arrière, faire comme si la prise de conscience n'avait pas eu lieu.

Plus les années passeraient, plus ce fait me deviendrait évident : dévoilée par elle, la vérité ne se remasquait plus.

Ses émissions m'avaient convaincue que tout a un sens dans la vie psychique. Et même dans la vie physique : on n'est pas malade par hasard. La plupart du temps, quelque chose de nous, qui manque de mots, cherche à s'exprimer par le biais d'une fièvre, d'une incapacité, d'une douleur, du manque de défenses face à un virus.

Cette pensée — qui a fait son chemin depuis lors — était nouvelle et, à dire vrai, ne m'avançait pas à grand-chose. Si ce n'est à regarder d'un autre œil ce qui se passait autour de moi — et en moi — et à entendre autrement le langage des uns et des autres. Ils se plaignaient « à côté ». Quand ils disaient : « Cette année, je passe mon temps à attraper la grippe », je me disais qu'en effet, ils étaient *grippés,* mais où ?

Autrui me devint ainsi une source constante d'interrogations et il me fallut des années pour consentir à prendre les gens pour ce qu'ils sont : des blocs de mystère. Et pour parvenir — c'est plus récent — à les aimer « tels quels », dans leurs contradictions et leur refus de les résoudre.

En renonçant à les changer.

C'est ce qui me choquait le plus : l'obstination des autres à conserver ce que je considérais comme des œillères, alors qu'il s'agissait en fait de « défenses » contre ce qui leur était intolérable afin de parvenir — c'est le travail humain par excellence — à rester vivants.

L'intolérance, à l'époque, c'était moi qui l'incarnais. J'aurais voulu que chacun se mît sur-le-champ au travail (comme je pensais l'avoir fait), pour s'attaquer à ses défauts et à ses manques, changer en soi ce qui — de mon point de vue — n'allait pas !

J'étais convaincue d'être lucide et en route vers la perfection. La preuve : je comprenais et admettais tout ce que disait Mme Dolto, une si grande psychanalyste ! Ceux qui s'y refusaient étaient de mauvaise foi, ou alors de fieffés imbéciles !

Hélas, l'émission quotidienne du « Docteur X » disparut d'un jour sur l'autre, du fait d'une directrice de programmes qui ne l'écoutait manifestement pas ou qui n'en avait pas été bouleversée.

Ou le fut trop.

Le Cas Dominique apparut donc comme une révélation. Pas encore pour le grand public que Françoise Dolto allait conquérir en moins de vingt ans, mais dans le milieu de la psychanalyse dont j'étais familière, ne fût-ce que par la critique que je faisais de ce genre d'ouvrages.

C'était l'époque où fleurissait ce que l'on a appelé l'antipsychiatrie, d'après les théories et méthodes de deux psychiatres anglo-saxons, Laing et Cooper (j'ai interviewé le premier pour *L'Express*). Tous deux postulaient en gros que les malades mentaux ont leur(s) raison(s). Ce qui fait, à la limite, qu'il n'y a pas à les traiter, simplement à leur offrir un espace où ils pourront décompresser, se laisser aller, éventuellement se droguer, et régresser tout à leur aise.

Quand ils seront arrivés au bout d'eux-mêmes, alors ils se reconstruiront.

Comment rester indifférente à cet appel tous azimuts — folie comprise — à la liberté ?

Un philosophe comme Gilles Deleuze et son ami le psychiatre Félix Guattari — je les fréquentais à l'époque — furent également touchés par cette vue des choses qui allait à rebours de la conception officielle. Pour ces hommes de bonne volonté, l'anti-psychiatrie annonçait la fin de l'asile, des électrochocs, des lobotomies et de tant de techniques cruelles et coercitives !

Michel Foucault, que j'interviewai également et qui n'était pas encore titulaire de la chaire de philosophie au Collège de France, venait d'en faire le procès retentissant dans un ouvrage qui allait vite le rendre célèbre : *Histoire de la folie.*

Nous ne voulions plus penser qu'il y avait d'un côté les fous, de l'autre les gens normaux. André Breton, que j'avais aussi rencontré — toujours pour mon journal — à l'occasion de la réédition du *Manifeste du surréalisme,* l'avait proclamé bien avant les autres.

Et voilà que notre génération avait envie de reprendre et de faire sienne cette conception comme si elle était neuve !

Au fond, elle nous arrangeait. (On ne pense jamais que ce qui arrange !) Car nous, la génération d'après-guerre, voulions pouvoir être « fous » à notre aise ! Avoir le droit, en toute impunité, de faire ce que nous voulions, de penser tout et son contraire. En somme, de faire joujou avec la pensée, les interdits, l'art, la morale, le sexe, etc.

Quelle belle époque !

Un seul détail, je m'en souviens, me chiffonnait : certains de ces messieurs tentaient de récupérer la schizophrénie, cette terrible maladie mentale, pour dire qu'après tout, le « schizo » aussi a bien le droit de l'être. Que voir les choses de son point de vue est sans doute aussi juste que de les voir du nôtre.

Sans avoir fréquenté de grands psychotiques, ce

qui m'arriva plus tard, je perçus d'emblée que cette théorie était fausse. Simplement parce qu'elle faisait l'impasse sur une dimension fondamentale, qui signe d'ailleurs la maladie mentale : la douleur.

Les psychotiques, les maniaco-dépressifs, les criminels, comme les névrosés de toutes espèces, moi y compris, sont des gens qui souffrent. S'ils se cramponnent à leur maladie et à ses symptômes, c'est par peur de « souffrir plus », et non pas parce qu'ils se sentent en possession d'une vérité différente.

Au contraire, quelque part en eux-mêmes, ils savent qu'ils sont « malades ». Mais comment en sortir ? Il n'y a rien de pire au monde que la douleur psychique.

Ceux qui ont fait, si peu que ce soit, l'expérience d'un début de dépression peuvent en témoigner.

Pour moi, j'en ai toujours eu la conviction au-delà de ma seule expérience. C'est cela, au bout du compte, qui m'a éloignée de l'antipsychiatrie et de toute tentative d'assimilation de la maladie mentale à un état normal.

Souffrir, me disais-je, n'est pas normal.

Et c'est alors que je pris le « tournant ».

Celui qui, en choisissant Françoise Dolto, allait immanquablement m'éloigner de cette partie du monde intellectuel et artistique où la souffrance est considérée comme un des beaux-arts. Appréciée et louangée comme telle.

Le poète maudit, traînant son désespoir, ses drogues, sa syphilis, ses diverses tares, promu au rang de héros ?

Pour moi, c'était non.

Je préférais infiniment Mme Dolto, ses cheveux blancs, ses chapeaux coquets, ses corsages retenus par une broche ou un camée, aux élégances tout aussi surannées, à leur manière, que celles des grands dandys de la « chose littéraire ».

Et sa voix, cette voix sur trois tons qui disait : la vérité n'est pas facile, la vérité n'est pas douce, mais *il n'y a pas d'autre chemin que la vérité*. Dans le respect de soi, le respect des autres, et, au bout de ça, la morale.

Mme Dolto ne parlait pas de morale. Ce n'était pas nécessaire. Elle l'incarnait sans avoir à l'exprimer.

Comme les enfants.

Par nature, les enfants sont moraux. Et justes.

S'ils cessent de l'être, c'est qu'ils n'ont pas pu rester eux-mêmes, par la faute de l'entourage ou de circonstances qu'ils ne possèdent pas les moyens de maîtriser. Il leur faut emprunter des chemins détournés pour rester en vie.

L'un de ces chemins, hélas, est parfois la folie.

Ou le crime !

Ces pitoyables crimes d'enfants...

C'est ce qui m'apparut de façon sûre, sans discussion possible, quand je me plongeai dans *Le Cas Dominique,* que — sans tout bien comprendre — je lus d'une traite.

Au premier abord, certaines de ses propositions me semblèrent aussi hermétiques que des axiomes mathématiques.

Grande clinicienne, proche de Lacan — lequel reconnaissait son génie du « faire » et lui envoyait ses cas les plus désespérés —, Françoise Dolto n'ignorait rien du maniement des concepts théoriques. Qu'on en juge :

« ... *Ceci impliquant le renoncement à l'illusion de l'ambisexualité, la castration primaire et la mise en question de la valeur phallique, jusqu'au lapsus qui souligne la problématique de l'être et de l'avoir. Cette valeur phallique appartient-elle aux porteurs de pénis ?* »

Ou encore :

« *Tout cela est un moyen d'échapper à la castration naturelle (qu'est la castration primaire), moyen inhérent à la structure perverse polymorphe de l'enfant. C'est aussi un moyen de ruser par l'imaginaire à l'égard de la castration culturelle ou œdipienne qui impose la loi sociale du tabou de l'inceste.* »

Vérité ou jargon ? Je devais me forcer pour aller jusqu'au bout de la page, puis du chapitre.

Avec le recul, je puis pourtant dire que tout ce que j'allais tirer de son enseignement comme de ses ouvrages ultérieurs se trouve déjà dans ce livre. Sous une forme parfois si condensée qu'elle échappe au non-initié.

C'est un bon exemple de ce que Françoise Dolto dit à propos de l'être humain : dès la naissance, il est là dans son entier. Mais il lui manque ses moyens d'expression et de communication. *Le Cas Dominique* ne laisse pas aisément passer tout ce qu'il dit, mais il dit tout.

Même si je ne pouvais encore que le survoler par la lecture, son effet sur moi fut fracassant.

Mme Dolto est d'ailleurs l'un des rares écrivains qui menace, à temps réguliers, mon équilibre psychique. Parfois, par le rire : lorsqu'elle écrit par exemple que beaucoup de gens voient les enfants comme des « tubes digestifs à pattes », cela me rend hilare, comme certains traits de génie des surréalistes.

Mais, lorsque j'y lis qu'un garçon de trois à sept ans désire, sous certaines conditions familiales, porter un enfant, et qu'une telle conception fantasmatique peut découler du biberonnage ou de toute autre « pénétration perfusante » — alors là, le sol vacille sous mes pieds !

Que devient l'image classique de la maman avec son bébé dans les bras, inclinant le biberon sous l'angle le meilleur pour que le liquide s'écoule ni trop vite ni trop lentement, si, du même geste, elle peut insuffler à son fils une image pervertissante ? laquelle fera peut-être de lui un homosexuel ou un travesti ? La « ligne » sur laquelle doit se maintenir le développement d'un enfant pour qu'il appartienne à son sexe anatomique serait-elle donc si ténue ?

Prendre conscience de cette insécurité me donnait le vertige. En même temps, elle m'alléchait, m'excitait au plus haut point. Le monde n'était donc pas ce qu'on m'en avait dit ? Anéantie l'image d'Epinal, la bondieuserie sulpicienne qui prétend tout joué d'avance et qu'il suffit d'obéir aux règles édictées par sa caste pour aller sans encombre de la naissance à la mort ?

La réalité serait à l'inverse. Les adultes en sauraient moins que leurs enfants sur la vérité familiale. Les « inférieurs », plus que leurs soi-disant « supérieurs ». L'élève, plus que son supposé maître.

Quelle libération de l'esprit et du corps m'apportait cette pensée novatrice[1] ! (Le corps, chez Françoise Dolto, reprenait lui aussi sa place : il n'était ni à mépriser, ni à combattre, ni à haïr, mais à écouter.)

Un seul écrivain m'avait jusque-là menée aussi vite aussi loin, c'était Nietzsche. *(« Méfie-toi de tous les maîtres qui ne savent pas rire d'eux-mêmes... »)* Toutefois, le philosophe allemand, qui avait démissionné de sa charge de professeur, n'initiait à aucune pratique, et avait sombré dans la folie.

Françoise Dolto, elle, vous en sortait.

Quand le garçon dont Françoise Dolto expose la souffrance dans *Le Cas Dominique* est venu la voir pour la première fois, il avait treize ans. C'est à un âge bien plus précoce qu'avaient débuté ses troubles, dont la thérapeute dresse l'historique à mesure qu'elle nous donne le compte rendu complet des séances.

Ce fut, pour moi, la première leçon : tout nous vient de l'enfance, le mal comme le bien.

Curieusement, c'est ce qui est le plus dur à admettre : la part la plus ambitieuse et fière de nous-même a tendance à refuser cette évidence et, pour mon compte, je me trouvais beaucoup plus avancée

1. Déjà quelque peu rencontrée, néanmoins, chez Witold Gombrowicz.

en toutes choses que la « petite Madeleine » d'autrefois !

Pour les plantes, chacun est disposé à reconnaître que le bon développement est une question de départ, où tout compte : le terrain, l'engrais, l'entourage, l'élagage, la « chance » saisonnière ; mais, quand il s'agit d'un être humain, on est prompt à taxer d'« enfantillage » ce souci des origines.

Préjugé que j'ai partagé, tant il est inhérent à l'espèce humaine de vouloir porter son regard vers l'avant sans trop daigner regarder dans son rétroviseur.

J'ai longtemps envisagé mon existence comme une ligne droite sur laquelle j'avançais sans me retourner, convaincue que je ne pouvais que progresser. Pour ce qui est de mes fautes ou de chagrins anciens, le mieux était de les passer par pertes et profits.

Pourtant, du jour où Mme Dolto, sur les pas de Freud, a entrepris de soulager les êtres humains en souffrance, elle a vite été amenée — comme Freud — à s'occuper de leur enfance.

C'est en effet dans les premiers mois de la vie, les premiers jours, les premières heures, voire même avant, quand le sujet ne dispose pas encore de mots, que tout prend racine. Quitte à resurgir des années plus tard sous la forme d'une maladie, d'un malaise, d'un symptôme qui est en fait recherche de mots manquants. Ceux que ni le sujet, ni son entourage n'ont su ou pu prononcer.

Il y a eu faille, rupture, hiatus dans le domaine du « sens », et la « sève » — pour continuer sur le registre végétal — circule mal, voire plus du tout.

Pour cette raison, lorsque Mme Dolto avait en face d'elle un adulte, c'est à son enfance qu'elle cherchait à le ramener, à ses souvenirs les plus anciens, fussent-ils en apparence oubliés.

Quand j'eus la chance qu'elle m'accueillît en psychothérapie, ce côté de sa pratique commença par m'agacer fortement. Je me trouvais devant elle dans l'idée de lui parler de ce qui me faisait tant souffrir, mes difficultés présentes à former un couple durable avec l'un ou l'autre de mes partenaires successifs, ma jalousie, ma solitude, et voilà qu'elle me demandait comment c'était quand j'étais petite ! Avec Papa, Maman, Mémée, ma petite sœur... Et même — un comble ! — ce qu'il en avait été de la vie conjugale de mes parents ou arrière-grands-parents !

Je n'en savais fichtre rien, commençai-je par lui répondre. Puis, à bien y réfléchir, des bribes de propos me revinrent, prononcés par les uns ou les autres, accompagnés d'images que je m'étais formées en les entendant. Fréquemment au cimetière — nous y allions beaucoup quand j'étais enfant.

C'était là, par exemple, sur le granit des tombes, que je m'étais imprégnée de la Grande Guerre de 14-18... Je n'étais pas née à l'époque, mais j'avais néanmoins gardé une vision très nette, effroyable, désespérante, des tranchées et de ce qui s'y était passé ! Je découvris avec Mme Dolto que les mots de ma grand-mère, qui y avait perdu un fils et un neveu, de ma mère, qui en avait souffert, de mon père, qui l'avait faite jusqu'à manquer de mourir à Verdun, m'habitaient bien plus que je ne l'aurais soupçonné.

Au point que, dans les années cinquante, quand Frédéric Rossif me demanda d'écrire le texte de son film documentaire, *Le Temps du ghetto*, je pénétrai d'emblée dans l'univers du ghetto de Varsovie et dans celui du camp de Treblinka comme si j'y avais vécu. C'était « ma » guerre, celle projetée alors que j'avais moins de trois ans sur le granit des tombes du cimetière d'Eymoutiers, que je retrouvais sur les écrans des visionneuses des studios de montage.

Dans la même épouvante et aussi, hélas, la même abominable familiarité.

Il fallait en sortir, et, pour cela, le mettre en mots.

Je l'ai fait en analyse, comme je l'ai écrit d'autre manière pour Frédéric Rossif.

Si je le redis aujourd'hui, ce n'est pas pour revenir une fois de plus sur ma propre histoire, mais pour donner une illustration vécue de la façon dont, à notre insu, s'imprime un savoir définitif dans notre être en formation, par le canal des mots d'autrui. (La transmission se fait aussi « sans les mots », ce que l'analyse permet de retrouver également.)

Le problème n'étant pas « comment s'en débarrasser », mais, au contraire, comment le faire revenir à la conscience afin que ce qui nous a marqués, au lieu d'être un handicap, se révèle fécond et utilisable. Du fait qu'il nous devient alors possible de partager notre expérience — fût-elle terrible — avec autrui.

Un ami polonais me téléphone. Il désire me voir, dit-il, pour que nous parlions ensemble — nous l'avons déjà fait il y a trente ans — de son expérience du ghetto, dont il fut l'un des derniers et rares survivants, et de Frédéric Rossif, aujourd'hui disparu. Lui comme moi pensons que le souvenir de ce passé terrible doit être transmis aux nouvelles générations, ce qu'a fait Rossif dans toute son œuvre cinématographique — la dernière s'intitule *De Nuremberg à Nuremberg.*

Mon père aussi, à plus de quatre-vingt-dix ans, a évoqué et transmis ses souvenirs de Verdun dans ses mémoires, *Cent Ans de ma vie.* Françoise Dolto n'y est pas pour rien. Il l'a connue en personne, mais elle l'a aussi influencé à travers moi. C'est grâce à la force que m'a insufflée Françoise que j'ai pu soutenir mon père dans l'épreuve — c'en était une, il s'y refusait depuis 1916 — de transcrire ses souvenirs de l'effroyable boucherie.

On peut objecter : à quoi bon, après tant d'années, déterrer un passé aussi insupportable ?

Pour s'en délester, en partager le poids ? Peut-être. Mais surtout pour que ce vécu, au lieu de se perdre, vienne enrichir le savoir universel.

Chaque fois que la conscience d'un individu, même anonyme, fait un pas en avant, immanquablement la conscience collective en bénéficie de façon directe ou indirecte.

Est-ce ce que je pressentais en travaillant à lire et relire *Le Cas Dominique* ?

Ce fut longtemps le père qui détenait la première place dans le couple et exerçait un pouvoir absolu sur les enfants. Du fait des nouvelles dispositions légales, le rôle est désormais plus équitablement réparti entre l'homme et la femme. Du coup, l'enfant se trouve mieux protégé en tant qu'individu, y compris contre ses propres parents.

Mais l'enfant tout petit ne s'y trompe point : celui qui commande n'est pas forcément celui qu'on pense ! Et il arrive à de jeunes garçons de ne plus savoir ce que mâle veut dire quand c'est leur mère qui s'arroge la place du père.

Cette déviation ou aberration peut se manifester de manière extrêmement subtile et compliquée.

C'est l'une de ces histoires perverses que raconte Françoise Dolto dans *Le Cas Dominique* : comment un petit garçon devient fou du jour où sa mère, qui niait déjà l'existence de son père, a mis au monde une petite fille, Sylvie, dont l'existence l'a « comblée », occupant à tort la place qu'aurait dû occuper son mari.

Il n'y avait donc plus, dans cette famille, d'espace et de considération que pour le sexe féminin. Etre homme, cela signifiait quoi ?

Le frère aîné, Abel, trouva — inventa — un moyen de s'en tirer : il devint, sur le mode imaginaire, l'époux de sa mère. Dans le lit de laquelle il couchait d'ailleurs, partageant avec elle les soins de maternage de sa petite sœur comme s'il en avait été le père réel.

En apparence, aucun mal à cela, au contraire ! D'Abel, on disait : « Comme il est gentil avec sa petite sœur, et comme il tient bien compagnie à sa maman qui se retrouve si seule, avec son mari souvent absent pour son travail... »

De Dominique, on déclarait qu'il était un peu sauvage, que c'était un caractère « jaloux »... Il a fallu qu'il aille de plus en plus mal, qu'il perde contact avec la réalité, qu'il ne travaille plus du tout en classe, pour que la mère commence à s'inquiéter — pour elle-même, non pour lui ! — et l'emmène « voir le docteur ».

Ce docteur était Françoise Dolto.

Le grand obstacle aux cures d'enfants, c'est qu'elles sont à la merci de la bonne volonté des parents. Dès que Dominique a été mieux, sans être tout à fait tiré d'affaire, le traitement s'est arrêté pile. La mère n'a pas supporté que son fils cadet devienne quelqu'un de « normal », car elle aurait alors pu prendre conscience de ce qu'il y avait d'anormal dans son propre comportement à elle. Suffisamment pour en être déstabilisée !

Or, cette femme se sentait bien entre ses deux fils et son mari, trois hommes qu'elle dominait totalement, et la petite Sylvie, devenue son objet-fétiche, sa poupée, sa reine. L'histoire ne dit d'ailleurs pas ce que la petite fille, élevée dans ces conditions, a pu devenir par la suite.

C'est souvent ainsi en analyse : quand l'un va mieux, que deviennent les autres ? Parfois, ils bénéficient de cette amélioration ; parfois elle les déstabilise. Injuste ?

La naissance d'un nouvel enfant dans une famille fait du bien et aussi du mal. On n'y peut rien, pense-t-on. Pourtant, même si nous n'en possédons pas encore la science, tout a un sens et peut s'analyser dans le comportement humain.

Le fait que le petit patient ait été arraché contre son gré à sa « Madame Dolto » a réduit le nombre des séances à seize. L'interruption prématurée du traitement s'est révélée la chance du livre : ainsi l'analyste a-t-elle pu publier intégralement ses notes sur ce qui s'est dit et sur ce qu'elle a pu observer.

Les *Cinq Psychanalyses* de Sigmund Freud sont un condensé de cinq cas exemplaires génialement traités et commentés par l'inventeur de la psychanalyse. *Le Cas Dominique,* lui, présente l'avantage de nous donner le mot à mot — fait très rare, tant c'est fastidieux ! — de ce qui se passe au cours d'un traitement analytique.

La première remarque que je me suis faite, c'est que l'opération était d'une complexité extrême ! C'est là que j'ai découvert pour la première fois qu'une « équation familiale » est aussi savante qu'une équation mathématique. Plus encore ! Les lois des mathématiques ont cette commodité d'être universelles et de s'appliquer à tous les cas du même ordre. En revanche, les règles qui gouvernent le psychisme des individus, même s'il s'y retrouve quelques grandes lois générales, comme l'œdipe ou la prohibition de l'inceste, régissent des structures différentes chez chaque individu. On aboutit à des milliards de cas différents.

Le Cas Dominique a le mérite de donner une idée accessible de la façon dont se forme un être humain au cours des années capitales de l'enfance et de l'adolescence. Toutefois, il ne peut être assimilé à aucun autre. L'histoire de Dominique n'a eu lieu qu'une fois dans l'histoire humaine.

Mais, même le sachant, un lecteur d'ouvrage psychanalytique pense forcément à lui-même ! Il cherche avidement à se retrouver, à se reconnaître dans ce qu'il lit. Et, pendant des années, à chacune de mes lectures, je me disais : Et pour moi, qu'en est-il ? Comment cela s'est-il passé dans ma famille ? Que m'a « fait » ma mère ? Que m'a « fait » mon père ? Et la naissance de ma petite sœur ? Qui a été la plus jalouse, de nous deux ? Et qu'on n'ait pas eu de frère, cela signifie-t-il que je me suis prise pour un garçon ? Ou que j'ai trouvé que les garçons n'étaient pas importants ? Ou le contraire ?

On aura beau lire autant de livres psychanalytiques que l'on voudra, en dehors d'une analyse individuelle, on n'aura pas de réponse à ces questions. Il faut l'examen unique de son propre cas. D'autant plus qu'on ne connaît jamais vraiment le déroulement de la vie de ses proches.

Ne parlons même pas de leur histoire intérieure : là, c'est le pot au noir !

Par exemple, je me pose encore la question — qui restera sans réponse — de savoir si Maman a subi des avortements, volontaires ou non, avant ma naissance. Ce peut être très important pour le psychisme d'un enfant, le fait qu'il « remplace » un enfant voulu ou non voulu : on le considère autrement, on lui accorde une valeur différente. Lui le ressent inconsciemment, ce qui l'influence à des profondeurs insoupçonnées.

Maman a quitté la vie sans m'en jamais rien dire, et, à l'époque où elle aurait pu me répondre, j'aurais trouvé malséant de l'interroger là-dessus.

Alors que ça l'eût peut-être soulagée, pauvre chère mère, si seule, toute sa vie, dans ses histoires de cœur et de corps ! (Financières aussi, mais tel était le destin des femmes à l'époque, et il l'est encore pour beaucoup aujourd'hui : l'argent les écrase sans qu'elles osent en parler.)

Je ne savais pas alors que mettre en mots soulage, fait circuler l'amour, permet une vie meilleure, même si cela ne doit rien changer aux faits. Ce qui n'est d'ailleurs pas vrai : après une prise de conscience, les faits changent comme d'eux-mêmes...

Tout le monde sait que lorsqu'une femme qui ne semble pas pouvoir avoir d'enfants — impossibilité attestée par les médecins — en adopte un, il arrive qu'elle tombe enceinte. Nos représentations psychiques, l'image que nous nous faisons de nous-mêmes exercent une influence considérable sur notre corps et sur nos actes, et aussi — c'est peut-être le plus étrange — sur ceux de notre entourage.

A partir du moment où Dominique a pris conscience qu'il existait en tant que garçon, nanti d'un destin propre, sa mère s'est sentie changée — elle est devenue « toute chose », comme l'exprime si justement le langage courant. Cela ne lui plaisait pas, et elle a cessé d'aller consulter Mme Dolto.

Car il ne faut pas s'imaginer qu'une rencontre

avec le génie soit de tout repos, ni même agréable — en admettant (ce qui n'est pas vrai, la plupart du temps) qu'on sache qu'on a un « génie » en face de soi !

On sent seulement qu'on est « dérangé ». Et beaucoup de gens ne souhaitent pas l'être.

Pour ce qui me concerne, confite que j'étais dans un immobilisme ressenti comme mortel, j'avais très envie d'être dérangée.

Or, n'en déplaise aux grincheux qui vont répétant qu'il n'y a « rien de nouveau sous le soleil », tout peut changer sur une rencontre...

« Si vous vous en êtes sortie — et vous auriez pu ne pas y parvenir —, c'est parce que vous avez fait très tôt le saut dans le symbolique, me dit l'analyste. Vous n'aviez d'ailleurs pas d'autre solution, sinon vous deveniez débile, ou folle. Vous l'avez frôlé.

— C'est quoi, le saut dans le symbolique ?

— Ne m'avez-vous pas dit que vous avez su lire très tôt, et presque sans apprentissage ?

— C'est vrai. Plus tard, j'ai su, sans presque avoir appris, taper à la machine, prendre en sténo, conduire... Dès qu'on m'expliquait quelque chose, je comprenais tout. Au-delà même de ce qu'on m'en disait... Quand j'allais, du temps de *L'Express,* interviewer de grands écrivains, j'avais le sentiment de prononcer les mots avant eux, d'être dans leur tête et...

— Revenons à votre enfance. »

En analyse, vos succès n'intéressent pas. Ou alors, c'est l'effet qu'ils vous font, la façon dont vous les prenez et les ressentez, qui compte.

Mes succès continuent au demeurant à ne pas vraiment m'atteindre. Pas assez, en tout cas. Tout de suite je retombe dans mon état le plus habituel : je me sens insuffisante, anxieuse, incapable.

De me faire aimer.

Par Maman.

Maman m'adorait, mais ne me voyait pas. Elle appréciait l'idée d'avoir une fille, et même deux. Elle aimait entendre les compliments que notre apparition déclenchait, moins pour nos mérites que parce qu'on tenait à lui faire plaisir. Devant ce flot continu de louanges à notre propos, il ne lui venait pas à l'idée que nous pouvions être « mal dans notre peau » ou avoir des désirs d'« autre chose »... Elle nous jugeait pourvues en tout, mais ne comprenait rien à la psychologie.

Grâce à quoi — étrangeté des rapports humains ! — elle était adorée...

Si je n'osais pas proférer un ordre, Maman, elle, commandait à tour de bras. On ne dirige pas un atelier de couture à dix-huit ans sans avoir appris à se faire obéir sur un simple claquement de langue, sans rouspétance et même sans réfléchir. Une « seconde », une ouvrière ne « jugent » pas leur « première » : elles exécutent ce qu'elle leur a demandé à un point près, même si c'est une erreur. Puis, l'erreur devenue flagrante, sans un mot elles redéferont et reprendront l'ouvrage.

Maman avait à peine ouvert la bouche que déjà quelqu'un se précipitait pour la satisfaire. C'était un bonheur général que de faire plaisir à Maman, son visage se détendait, on eût dit que le monde était enfin en ordre pour l'éternité !

Puis sa figure se crispait à nouveau, l'assistance se figeait : qu'est-ce qui n'allait pas, ou pas tout à fait ? A peine sa nouvelle demande énoncée, on se précipitait à plusieurs pour y répondre.

Ainsi a vécu Maman pendant quatre-vingt-dix-neuf ans : exaucée.

Je n'ai moi aussi cherché qu'à lui complaire. Il n'y avait que mon père pour dire parfois : « Ta mère avait un fichu caractère ! Elle était autoritaire, tu ne peux pas imaginer !... » Maman était née parmi des femmes, avait travaillé dans une communauté de femmes et engendré des filles. Elle était un monde à elle toute seule. Une souveraine, une reine.

On peut me dire tout ce qu'on veut contre Maman, en analyse ou ailleurs, je souris et, au fond de moi, la litanie amoureuse reprend, imperturbée : « Ma petite Maman chérie... »

« Personne ne se sépare complètement de sa mère, me dit l'analyste. Tout de même, on doit essayer de s'en sortir un peu. »

Quand nous cherchons à faire la connaissance de personnes dont les écrits nous ont bouleversés, la déception nous guette. En les lisant, nous les avons sentis si proches de nous, nos amis, nos frères ! Nos sensibilités sont les mêmes, notre expérience de la vie aussi ! Les voir, leur parler, les toucher ne peut être qu'une assomption plus grande encore de ce sentiment de proximité, de quasi-fusion ! Comme la réalisation physique d'un amour (elle aussi décevante, à l'occasion).

Sur ce plan-là, Françoise Dolto échappait à la loi commune. Ne fût-ce que la voir, l'entendre parler en public, prolongeait le sentiment qu'elle donnait d'ouvrir des portes. Pas n'importe où : au cœur même de notre être.

Souvent, elle « poussait » un peu, parfois fort, par l'abrupt de ses formulations, et on avait envie de rire, de protester, comme chatouillé. Et puis la fulguration emportait tout : ce qu'elle vient de dire est en nous depuis toujours, c'est exactement ce que nous pensons, désirons, mais nous n'osions nous l'avouer.

Voilà que c'est fait. Sans brutalité (méfions-nous des analystes qui nous « violent » !), dans la douceur, la simplicité.

Françoise Dolto, pourvoyeuse de mes évidences...

En veut-on un exemple ?

« Je voudrais de la moquette blanche chez moi...

— Eh bien, vas-y !

— C'est que je suis en location, ce n'est pas raisonnable.

— Qu'est-ce que cela fait ? Tu en auras profité ! »

Je l'ai fait poser, j'en ai profité, j'en profite encore.

Ainsi était-elle, à vous pousser dans le sens de votre désir, même s'il n'était pas raisonnable, tant qu'il ne faisait de mal à personne.

A la côtoyer, les interdits sautaient.

Mais pas n'importe comment.

En même temps qu'elle m'engage à une « folie », une dépense frivole, ce luxe inutile que représente une moquette blanche dans un appartement parisien, la tonalité de sa voix, la gravité de son regard me disent autre chose. Et c'est cela qui m'atteint et agit.

Elle me souffle : « Nous ne sommes que de passage. Que tu vives dans des draps brodés, sur de la moquette blanche ou dans une hutte de charbonnier, revient au même par rapport à l'éternité et à ton être. Car c'est ton être qui compte. Or, le vrai désir de ton être est d'aller vers l'absolu de l'amour. Tu veux aimer et être aimée, c'est tout. Seulement, ton être a été brimé dans son élan, comme celui de chacun d'entre nous. Pour tenter de se reformer, il s'exprime comme il peut dans ce monde matériel, par le truchement des choses. Qu'est-ce, au fond, que ce désir de blancheur ? Moi, Françoise, je n'en sais rien. Toi non plus. Commence par le réaliser. Tu verras ce que cela signifie et si tu t'en suffis ! »

Une fois ma chambre tapissée de blanc — le dessus-de-lit, les rideaux aussi sont devenus blancs —, je comprends ce que je recherchais : reconstituer la chambre de Maman qui, autrefois, était entièrement blanche, meubles gainés de parchemin y compris.

La moquette blanche ne me rend pas Maman, mais me fait saisir à quel point j'ai envie de régresser dans la sécurité de mon enfance au lieu de prendre le risque d'aller de l'avant.

Maintenant que je sais l'origine de mon désir de moquette blanche, je n'ai plus qu'à le lâcher. C'est fait ! Je m'en aperçois lorsqu'un bébé chien s'exprime sur ce rêve immaculé, et qu'une fuite d'eau vient parachever la souillure. Face au désastre, je réagis à peine ! Mon désir est déjà tourné vers ailleurs.

Puisque j'ai le droit de désirer ! Françoise, en quelque sorte, me l'a donné. C'est ainsi qu'elle aide chacun à progresser, sans avoir l'air d'y toucher, sans directement le rechercher : par les petites choses de tous les jours.

Il y a des gens dont on dit : « Ils aiment la vie... » Françoise aimait quelque chose de plus ineffable encore : elle aimait l'être, celui de tous et de chacun, persuadée que le mal n'est qu'une défaillance par quoi s'exprime quelqu'un qui souffre, qui souffre de faire le mal ou d'en être la proie. Si l'on parvient à s'en délivrer — « *Mon Dieu, délivrez-nous du Mal !* » —, l'être rayonne alors dans sa liberté, qui est lumière.

C'est moi qui traduis. Mon amie ne s'exprimait pas ainsi. Elle accompagnait qui le lui demandait, dans son cheminement, par des moyens souvent infimes. Ceux qui l'ont vue interpréter des dessins d'enfant savent comme elle était attentive à ce que nous nommons « gribouillis » et qui est le message crypté d'un tout jeune en souffrance.

« Et pourquoi il n'a qu'un bras, ton bonhomme ? Ah, l'autre n'a pas poussé. Et pourquoi il n'a pas poussé ? Tiens, il a une moitié bleue, une moitié rouge, pourquoi ? »

Elle savait dire « pourquoi » et écouter la réponse. Plutôt, elle savait que lorsque viendrait la réponse, celui qui la proférerait l'entendrait lui-même et que c'était cela, l'important.

Nous avons tous quelque chose de capital à nous dire à nous-mêmes, mais quoi, et comment faire ?

« Tu sais, me disait-elle, quand je me trouve avec quelqu'un, enfant ou adulte, je me sens vide... C'est lui qui sait ce qu'il y a à savoir sur lui-même. Le tout, c'est que ça sorte...

— Sous quelle forme ?
— En mots, bien sûr. Qu'y a-t-il d'autre ? »

Les mots, une bien étrange affaire !
« *Le bébé n'était-il pas, sous forme de petite fille, l'oncle disparu ?* »
Lire une telle « absurdité » dans un ouvrage de psychanalyse qui, à travers le compte rendu d'un cas, se veut manuel d'enseignement, déconcerte. Et même sidère.
Pourtant, l'un des constituants les plus importants en même temps que les plus déniés ou décriés de l'esprit humain, c'est sa faculté d'imagination. Son don universel (la formation des mythes chez les primitifs en est un sublime exemple) pour la métaphore, la symbolisation, l'allégorie. On tolère aisément que *La Divine Comédie* soit le voyage « imaginaire » d'un esprit qui traverse l'Enfer, le Purgatoire et le Ciel. On peut admettre que les écrivains usent de comparaisons quasi débiles : *sur le clocher la lune, comme un point sur un i...* Mais quand cette façon d'exprimer le monde devient celle d'un médecin, cela ne paraît pas correct. Pas raisonnable. Dérangeant.
Et si l'on accepte de rire quand le dernier-né sort des énormités, c'est à condition que ça lui passe dès qu'il atteint l'âge « de raison ».
Sans se dire que si le tout jeune enfant est susceptible de fulgurations dignes d'un poète ou d'un métaphysicien, c'est qu'il s'en passe beaucoup plus qu'il n'en exprime dans son petit cerveau... On a seulement hâte que tout cela se normalise en lui pour qu'il puisse à son tour faire Polytechnique ou l'ENA. Sans songer qu'il ne réussira dans des matières comme les mathématiques que dans la mesure où il possède, dès sa naissance, une fantastique capacité d'abstraction, de jeu avec les notions, les mots, les images. Même s'il cesse de s'en servir ouvertement. Même s'il se le cache à lui-même.

Quand les gens disent : « Il faudrait redevenir enfant... », ou encore : « Un artiste est quelqu'un qui a su préserver en lui sa part d'enfance... », ils ne veulent pas savoir que ce dont ils ont la nostalgie et nomment « poésie de l'enfance » n'est rien d'autre, en fait, que l'intelligence suraiguë de l'être humain à ses débuts.

« Aucun adulte n'atteint au génie d'un enfant de trois ans. » Est-ce Freud qui l'a dit ? Ou Françoise Dolto ?

Quand Françoise Dolto reçoit le petit Dominique, elle tente de se remettre au niveau de son génie enfantin. Ce qui requiert une écoute et une attention peu communes, qu'elle définit d'ailleurs comme suit : « *Il est évident que toutes ces réflexions, je ne me les suis faites qu'à la relecture de la séance. Au cours de celle-ci, j'étais tout yeux, tout oreilles et consciente de l'importance d'une vérité qui se faisait jour par tous ses moyens d'expression.* »

Car ce que lui dit le jeune Dominique, qui a quatorze ans d'âge réel mais que sa « folie » a conservé à un âge beaucoup plus précoce, donc beaucoup plus intelligent, c'est la vérité, rien que la vérité, toute la vérité.

Celle de l'histoire de son être au sein de sa famille, transcrite sous forme de métaphores — de chien modelé qui devient vache, qui devient chameau, qui devient simili-fœtus... —, de phrases surréalistes dont le sens échappe à quelqu'un de « normal ».

Pas à Mme Dolto, qui a la faculté de se mettre en état d'écoute de l'anormal, c'est-à-dire du « chiffré ». Une fois la séance, d'une rare intensité, terminée, elle réfléchit.

Elle le dit à son jeune patient : « *Je ne sais rien, c'est toi qui m'informes de toi.* »

Et — pour elle, pour nous — ce qui a été dit, elle le transcrit non pas en « français » et en « raisonnable », mais en lois du développement humain.

C'est sa clinique qui les lui enseigne, au fur et à mesure qu'elle rencontre des « cas » d'enfants et d'adultes empêchés dans leur développement.

L'époustouflant, avec les êtres humains, c'est qu'ils compensent avec art. Une plante qui n'a pas les moyens de grandir normalement va se tordre, chercher une issue vers le bas, vers le haut, là où elle va pouvoir trouver de la lumière, et, si elle n'y parvient pas, dépérir.

Les humains aussi, mais, comme ils sont beaucoup plus intelligents, complexes, immergés dans une culture qui l'est également, ils vont inventer des solutions extraordinaires, dites « folies » ou « névroses », qui cachent si bien leurs manques et leurs mutilations qu'on ne parvient pas à s'y retrouver. Eux non plus.

Mais ils sont soulagés d'avoir fait en sorte qu'on ne puisse plus toucher à ce que l'analyste appelle, parlant de Dominique, ses « structures profondes ».

Après une ou deux séances, Dominique a perçu que ce docteur-là, qui en savait plus que les autres, allait l'atteindre là où ça lui faisait si mal qu'il ne voulait plus être approché. Qu'a-t-il alors fait pour s'en défendre ? C'est là que se révèlent le génie humain et aussi la malléabilité de la maladie mentale : il s'est empressé d'aller beaucoup mieux !

Il a été doux, gentil, serviable, au point que le chien, qui ne pouvait le tolérer jusque-là, est devenu son meilleur copain !

Pour un peu, les parents auraient conclu : « C'est miraculeux, Dominique est guéri, restons-en là ! » Mais Mme Dolto savait que cela signifiait seulement : « Tu brûles, laisse-moi tranquille ! » Et elle ne s'est pas laissé prendre à sa mimique de guérison subite. Dominique non plus, puisqu'il a accepté de continuer avec elle.

A l'occasion d'un Salon du livre, un jeune homme sorti de nulle part s'est approché de la table où je me trouvais assise derrière mes piles de livres et, sans dire bonjour ni saluer, a commencé un discours sans fin. Il déclarait, à une sorte de cantonade limitée à moi et à mon jeune libraire, qu'il n'y en avait qu'un : c'était Cervantes. Bien sûr, un moment, il avait pensé à Proust, mais ce n'était rien à côté du *Quichotte.* Il y avait aussi Dostoïevski, qui pouvait paraître valable à certains égards, mais il fallait en revenir à Cervantes : pas moyen d'y échapper, c'était le meilleur.

Je ne saurais transcrire la complexité et l'intelligence de son analyse de *Don Quichotte,* exposée d'un ton monocorde, avec un débit précipité, ses yeux évitant soigneusement les miens.

Avec mon peu d'expérience analytique, j'ai tout de suite senti que ce que j'avais de mieux à faire, c'était de dire « oui ». Je répétais oui, oui, en le regardant sans le fixer, avec un demi-sourire, tandis qu'un grand calme s'installait à l'intérieur de moi.

Le jeune homme délirait, c'était évident, mais quel genre de délire : paranoïaque, psychotique, schizophrénique ? Au diable les mots qui classent et n'expliquent rien ! Le teint pâle, le front proéminent, le reste du visage effacé, longiligne, plutôt beau, il était douloureux et ne pouvait avoir d'autre contact avec autrui qu'à travers un discours hautement littéraire dans un Salon du livre.

Je pensais qu'il n'en finirait jamais, peu troublé qu'il était par l'arrivée d'autres personnes en quête de signatures. Soudain, au beau milieu d'une phrase, il s'éclipsa.

Il était malade. Cela se traduisait chez lui par une exaspération et une prolifération de l'intelligence littéraire, et non par la débilité, comme il arrive aussi. Ainsi sont parfois les humains. C'est ce qui rend si difficile de les soigner. D'autant plus qu'ils le nient. Vous pouvez saisir un sécateur, un tuteur, rajouter de l'engrais, tirer d'affaire une plante. Emmener un animal chez le vétérinaire. Mais que pouvais-je pour ce garçon ? « Tu as fait ce qu'il fallait, m'a dit mon amie analyste. Tu es restée totalement calme, ce qui l'a rassuré et lui a permis de s'en aller... »

Ce n'est pas assez, bien évidemment, mais je ne pouvais ni ne savais faire plus.

Lire *Le Cas Dominique* m'a conduite à prendre conscience de la spécificité du métier d'analyste : il ne suffit pas d'écouter de tout son être — beaucoup de soi-disant analystes n'ont toutefois aucune écoute —, encore faut-il comprendre ce que signifie le discours « fou » du fou qui ne l'est pas.

C'est aussi ce que m'a appris de capital Mme Dolto : tout ce que dit le patient a un sens, et il faut y prêter l'oreille avec le plus grand respect. Même et surtout si cela paraît dépourvu de sens : car c'est alors son inconscient qui s'exprime.

Mais qu'est-ce que l'inconscient ?

Rien ne m'est plus désagréable que de me trouver branchée sur l'inconscient d'autrui ! A preuve : mon agacement quand il entreprend de me raconter ses rêves, alors que j'expose assez facilement les miens !

« Ça n'est pas d'autrui qu'il s'agit ici », me répète l'analyste à qui je tente de faire un portrait circonstancié de mes proches et de leurs insuffisances (à mes yeux). « C'est de vous ! »

Moi. Où vais-je ? Que suis-je en train de devenir ? Suis-je même en mouvement ?

« Bien sûr que tu l'es, me répondrait Dolto. Sinon, même vivante, tu serais morte. Vivre, c'est être dans l'allant-devenant... »

Allant-devenant : voilà un néologisme de Françoise Dolto qui fait bondir les puristes. Certains analystes aussi. Que veut dire ce charabia ?

Or, il est d'expérience commune, si l'on vit et si l'on veut vivre, qu'il faut se lever — donc aller — tous les matins. Quand on souffre, c'est le moment le plus dur. A la suite d'un deuil, d'une rupture amoureuse, la douleur se réveille la première ! D'abord on a mal — parfois, c'est si aigu qu'on en crie —, puis on se rappelle à cause de quoi et qui l'on est.

Je me souviens de l'une de mes premières douleurs d'amour du fait d'un homme avec qui je ne perdrais plus une heure, désormais, n'ayant plus rien à lui dire. (Je puis être féroce avec qui m'a « manquée » dans tous les sens du mot.) Encore couchée, je me dressais dans mon lit et hurlais pour moi toute seule : « Mais je ne serai donc jamais heureuse ! »

Comment mettre un pied devant l'autre après un tel constat ?

Grâce à l'*allant-devenant*. Qui vous oblige à changer.

On n'est jamais le même, jamais la même. C'est ce que Françoise m'a appris. Sans l'assener. Par sa façon d'être. C'est moi qui conceptualise, tente d'en tirer des recettes de vie. Pour m'aider. Aider les autres aussi, peut-être.

Dès que les deux cellules primitives se sont rencontrées et acceptées — le spermatozoïde et l'ovule —, le développement commence. Par goût de l'exploration intérieure, j'ai essayé de m'en souvenir ! De me replacer à mes tout débuts dans la vie. Au bout de quelques instants de méditation, j'ai éprouvé une émotion étrange, comme si ma mémoire gardait trace de la rencontre capitale (pour moi) entre ces deux éléments si hétérogènes : le spermatozoïde de mon père, l'ovule de ma mère.

On peut se gausser, il n'empêche que quelque chose en nous doit se souvenir de ce big-bang. Du formidable mouvement d'accroissement et de transformation qui s'est aussitôt mis en branle. *Morula, gastrula,* en quelques jours l'embryon prend forme et corps.

La vitesse d'évolution est alors prodigieuse, avant de se ralentir peu à peu.

Mais l'expérience de cette explosion vitale nous a imprégnés. Elle nous accompagnera jusqu'au bout.

On en constate les effets sur les enfants. Cessez de voir un enfant, un adolescent, pendant un an ou plus. Quand vous l'apercevez à nouveau, vous êtes sidéré ! Comme il a grandi, comme il s'est transformé en si peu de temps ! Alors que les adultes, dont vous-même, ont à peine changé, juste un peu vieilli.

C'est que les enfants sont encore proches de cette formidable poussée dont nous gardons la nostalgie toute notre vie. Je la ressens les rares fois où je prends l'avion. Malgré ma peur, à l'instant du décollage — ce d'autant plus si les réacteurs sont puissants — une joie folle me saisit au ventre ! Cette propulsion, c'est l'image de la vie en marche ! Les astronautes doivent en jouir à l'extrême quand leur fusée s'arrache — d'où leur désir de repartir, en dépit des risques.

L'éprouve-t-on au moment de la mort ? Nous ne le savons qu'à l'instant suprême du dernier arrachement.

Reste que la force de la poussée demeure en nous. La plupart du temps, elle est en sommeil. Pourtant, elle ne demande qu'à nous servir à nouveau pour peu qu'on y fasse appel. Le matin, par exemple, en posant le pied sur la carpette.

Tu souffres atrocement ? Ne t'en fais pas, ça va passer, puisque tu es *en mouvement*.

« Comment faites-vous pour sortir si souvent des livres ? » me demande-t-on parfois.

Je réponds : « Je vis seule. Que voulez-vous que je fasse, le matin, sinon écrire ? »

Façon polie d'esquiver. La vraie réponse est qu'écrire, sitôt bu le premier café, est pour moi le meilleur moyen d'utiliser cette énergie que me redonne le sommeil.

Ceux qui ont un compagnon lui parlent. Ou alors téléphonent. Le téléphonage du matin — auquel je me livre parfois, mais avec l'impression que je perds alors de l'écriture — est aussi une mise en mots pour nous délivrer de nos douleurs. Ou pour les bercer.

Dans le cas des religieux, qui sont légion de par le

monde, le recours est la prière. Les mots ritualisés appris au catéchisme ne me conviennent plus, j'ai besoin de mots réinventés.

Chaque fois que j'ai cohabité avec Françoise, j'ai pu me rendre compte que c'était aussi son premier geste : faire le café, puis écrire. Ou parler à ceux tôt levés comme elle.

Chaque matin est alors différent, chaque jour un autre jour, et nous plus avancés sur le chemin de la vie, avec nos vieilles douleurs derrière nous.

D'autres nous attendent : des maladies, des deuils prévus ou imprévus. Mais nous serons moins démunis : nous avons un peu appris comment les négocier.

A propos de la mort, Françoise disait : « Chacun a un destin, un temps de vie propre. Certains ont la vie très courte, d'autres plus longue... » C'est par ces paroles qu'elle m'a aidée à surmonter la mort subite d'un bébé-fille de ma famille : « Elle avait une vie brève, mais elle l'a vécue, et elle a laissé sa trace... »

O combien !

Ce qui ne l'empêchait pas de dire, face à une séparation imposée à l'amour : « C'est un drame. » Mais finir par accepter la mort d'autrui, au lieu de se révolter sans relâche, est une forme de respect vis-à-vis de celui qui est parti. C'est comme lui accorder la liberté de nous quitter.

J'en ai pris conscience le jour où, au téléphone, j'ai dû apprendre à d'autres la mort d'un être cher. « M. est morte », me suis-je entendue dire, et soudain j'ai eu le sentiment que ce n'était pas quelque chose qui lui était arrivé passivement, mais un acte qu'elle avait accompli d'elle-même.

A ce moment, j'ai fait un pas en avant dans le mystère de l'être.

Françoise considérait que ceux qui nous ont quittés nous accompagnent. Y a-t-il une vie après la mort ? Dans notre cœur, sûrement. « Je ne t'abandonnerai pas », m'a-t-elle dit à la fin.

Le fait est qu'elle est là.

Françoise est-elle contente de ce que j'écris en pensant à elle ?

Je crois l'entendre : « Puisque ça te fait du bien ! »

C'est ce qu'elle me disait quand je me plaignais d'avoir expédié une lettre que j'estimais idiote à un amoureux traître, lâche, auquel le souci de ma dignité aurait exigé que je cessasse de m'adresser.

« Non seulement j'ai couvert une dizaine de pages bourrées d'injures, mais je les ai postées !

— Puisque cela te fait du bien...

— Mais que va-t-il penser ? De quoi vais-je avoir l'air ?

— Cela compte encore pour toi, ce qu'il pense ?

— Tu as raison, cela ne compte plus, et pendant que j'écrivais, je me suis sentie mieux.

— Eh bien voilà, c'est le but !

— Imagine...

— Quoi ?

— Il peut changer d'avis, moi aussi...

— Tu veux dire que vous pouvez vous remettre ensemble ?

— Par exemple.

— Qu'est-ce que ça fait, ce que tu as écrit ? Au contraire, ce sera peut-être à cause de cela. Au moins, c'est dit. »

C'est *dit.* Son mot-clé.

Pouvoir du mot. Des mots.

La nuit où j'ai cru que l'angoisse allait être plus forte que ma volonté de n'y pas céder, je me suis récité indéfiniment *Le Bateau ivre,* que j'avais appris par cœur. (En prévision ?) Le matin est arrivé, et je n'étais pas devenue folle.

Poésie, *ô future vigueur...*

La fécondité de Françoise était telle qu'elle inventait des termes, des métaphores, des images à rendre jaloux les poètes, sans même s'en apercevoir.

Ainsi cet « épaississement de l'être », expression par laquelle elle désigne le corps, la matière vivante qui nous constituent et nous empêchent d'être tout esprit.

Un jour que nos deux « épaississements » se trouvaient face à face et que nous tentions avec maladresse de nous atteindre par le langage — je me figurais ces combattants orientaux armés d'un gros bâton dont ils cherchent mutuellement et non sans grâce à s'assommer —, elle s'arrêta de parler pour me fixer. Puis me dit :

— Le corps est opaque ! Il s'oppose à la communication...

Si Françoise Dolto n'était pas poète au sens reconnu du terme, c'est qu'elle n'avait pour ainsi dire aucun souci de la recherche esthétique.

Avant tout, elle était en quête du « sens » : qu'est-ce qui cherche à s'exprimer, là, en ce moment même, par la présence d'un vivant à un autre vivant ?

C'est cette observation volontairement menée au ras du réel qui la rapprochait du savant et de la science. Elle avait été fort amie de Jean Rostand à qui elle allait souvent rendre visite, le dimanche, dans sa maison de Meudon.

Pour moi, imbue de la chose littéraire, j'en suis arrivée à me sentir plus concernée par sa démarche que par celle de certains grands poètes comme Saint-John Perse, que je connaissais et vénérais. J'admire certes *Exil, Vents, Amers,* et je m'émeus toujours du poème ultime qui signe avec tant d'élégance l'entrée dans l'ombre : *« Grand âge, nous voici... »* Toutefois, la présence physique d'Alexis Léger me donnait le sentiment d'avoir affaire à quelqu'un en quête d'un nouvel et admirable oripeau langagier dont il comptait se parer pour mieux encore nous éblouir ou nous conquérir.

Rien de tel chez Françoise qui cherchait seulement, par une totale présence à l'autre, à soulager autrui — et elle par la même occasion — de la douleur de vivre.

Et du poids constant du désir.

Quand nous utilisons le mot « désir », notre esprit salace pense aussitôt coït, accouplement.

Or, le désir, pour Françoise Dolto, c'était avant tout ce grand vent venu d'ailleurs qui, depuis que nous sommes nés, s'évertue à nous conduire par les voies les plus hautes jusqu'à notre mort annoncée.

Ce souffle, singulier pour chacun, qui nous dévaste autant qu'il nous aide à traverser la vie.

Qu'à l'occasion, ce désir transite par la chair, n'est que l'un de ses avatars. Pas le moindre, puisqu'il aboutit à la création d'êtres inédits — « *les nouveaux* », disait simplement Françoise pour les désigner. Mais pas le plus important : qui a jamais résolu ses problèmes existentiels en faisant l'amour, fût-ce dans les bras d'un être très aimé ?

Sans qu'elle m'en ait rien dit directement, c'est par Françoise que le soupçon peu à peu m'en est venu : moi, l'enfant chérie de ma mère et de mon père, n'aurais-je pas été abandonnée à ma naissance ?

Ou l'ai-je cru ?

Il m'a fallu des années d'interrogations, d'interprétations de racontars, de grattages et regrattages de souvenirs vétustes, pour m'en convaincre : oui, j'ai bel et bien été abandonnée, et à ma naissance !

Personne ne s'en est alors aperçu.

Sauf Maman.

Bien sûr, elle ne s'est pas dit : « A peine sortie de mon ventre, j'ai abandonné mon bébé-fille... » C'eût été trop simple, pour elle comme pour moi.

Mais dix fois, cinquante fois, elle m'a raconté la même histoire, en privé comme en public. Au point que je ne pouvais plus supporter de l'entendre. Que je me bouchais les oreilles !

Il convient de se méfier des histoires si courantes, dans une saga familiale, que l'on n'y prête plus guère attention, ou même qu'elles vous agacent ! Comme les très vieux textes bibliques, elles recèlent une vérité cachée qu'il s'agit de déchiffrer. C'est cela, le travail de l'analyste : trouver du neuf, de l'inédit, du foudroyant dans une histoire si souvent rabâchée qu'elle n'émeut plus personne.

Voici ce que me racontait Maman, jusqu'à m'horripiler : « Tu étais si petite, si jolie, si fragile à ta naissance que j'avais peur de t'écraser ! Quand l'infirmière t'a déposée sur mon lit — je venais de me réveiller de l'anesthésie —, je me suis poussée jusqu'à l'extrême bord du matelas pour te laisser toute la place. Au point que l'infirmière m'a dit : "Mais faites attention, madame, vous allez tomber !" »

Maman craignait de m'écraser, où était le mal ?

C'était plutôt touchant.

Mon destin se trouvait pourtant contenu dans ces quelques petites phrases en apparence anodines.

Aujourd'hui, on dépose le nouveau-né encore tout gluant sur le ventre dont il est sorti : pour l'aider à se rassurer, à s'adapter après une séparation forcément traumatique. (Si la parturition n'avait pas été difficile, aurait-on administré à Maman une bouffée d'anesthésique ?)

On sait que le petit bébé a encore besoin du corps à corps avec sa génitrice, et non pas d'être aussitôt langé, isolé, livré à lui-même, ce qui lui donne le sentiment — inexprimable, puisqu'il n'a pas encore de mots pour le dire — que le bonheur d'être deux en un est révolu, qu'il est seul à jamais !

J'ai dû ressentir cette désastreuse solitude dès ma première heure. Tant d'êtres qui ne cessent de rechercher ce qu'on appelle leur double sont également à la poursuite de ce qui était, pour Dolto, le retour au ventre et au placenta...

Car si, en venant à l'air libre, on perd l'enveloppement de l'utérus, on abandonne du même coup celui qui fut longtemps notre compagnon d'intériorité : *l'ami placenta.*

Dans certaines sociétés dites primitives — plus

évoluées que les nôtres en des domaines essentiels —, on enterre le placenta comme un être à part entière, et l'on se recueille sur ce qu'on peut appeler sa tombe.

Pour nous, le placenta n'est qu'un déchet. On sait pourtant que des jumeaux, après avoir vécu l'un contre l'autre pendant neuf mois, ne peuvent se quitter sans en être dévitalisés.

Quelle perte représenta pour moi ma naissance ? Il m'a fallu une vie entière pour commencer à la compenser...

Autre révélation contenue dans l'historiette de Maman : elle avait eu peur de moi !

Bien des femelles primipares ont peur de leur nouveau-né au point, parfois, comme les dames chamois, de le piétiner pour ne se révéler mères qu'à la venue du second.

J'aurais donc effrayé l'être dont j'avais tant besoin pour survivre ?

Toutefois (je l'ai reconstitué d'après ses propres dires), Maman accourait toutes les trois heures de la maison de couture où elle travaillait pour m'allaiter à la va-vite et retourner aussitôt à son studio — la tête, j'imagine, farcie de ses modèles.

Certes, j'aime à la folie la couture, les robes, la toilette, l'élégance. En même temps, cette obsession de l'apparence est une manière de névrose : les gens ne sont pas ce qu'ils portent, mais ce qu'ils sont. L'important reste la façon dont ils savent vivre l'amour et le communiquer.

Pour moi, arriver à recevoir et donner de l'amour (l'enfouir en moi finissait par m'étouffer) fut un long, très long apprentissage.

Après des années d'approche discrète, mon analyste a fini par me lâcher : « Vous n'avez eu en quelque sorte ni père ni mère... C'est à vous de le devenir pour vous-même... »

Quel travail, comme on dit de l'accouchement !

Je me revois conduite en classe par mon père pour la première fois. Lui si grand, si rassurant, me laissant parmi des personnes et d'autres enfants que je n'avais jamais vus !

Là aussi, c'était l'abandon !

En même temps, quelle excitation !

Il s'agissait enfin de faire savoir au monde qui j'étais ! On allait me découvrir, et moi je me découvrirais par le regard d'autrui.

Même mise à nu qu'à l'accouchement. Ah, que d'exclamations autour du berceau ! Pourtant, il existait déjà, cet enfant. Peu d'heures auparavant, dans le ventre de sa mère, il était à peu près comme il est. Mais c'est lorsqu'on le voit sorti que l'on n'en revient pas du miracle renouvelé de la naissance : il est blond, il est brun, comme ci, comme ça, merveilleux, magnifique ! Lui perçoit les compliments et les exclamations à son sujet. Les critiques, aussi.

Pour moi, j'ai dû être accueillie de façon hyperlouangeuse, car je n'ai jamais redouté de me présenter devant une assemblée, convaincue que j'allais « plaire » au premier coup d'œil ! Belle illusion qui a l'avantage de vous rendre aimable... Ceux qui pensent le contraire — rejetés par l'entourage à leur première apparition — sont crispés, fermés, presque antipathiques. Mal accueillis au départ, ils appréhendent qu'il en soit toujours ainsi.

Jusqu'à ce qu'ils parviennent à un niveau plus élevé de l'échange entre humains, qui ôte le doute. On ne se dit plus : « Va-t-on m'aimer, vais-je plaire ? », mais : « Qui sont ces autres ? Que puis-je leur apporter ? »

Interminable initiation.

Longtemps je m'offris à voir, à toucher comme objet d'amour ou d'admiration, ne sachant pas que le bonheur naît de l'échange.

Mais il n'y a guère d'échange sans solitude assumée. Sans « sujet » des deux côtés.

Il n'y a guère d'échange humanisé entre la prostituée et son client.

Nous cherchons à être des prostitués — d'un

patron, d'un conjoint, d'un dictateur. C'est tellement plus facile d'être l'« objet de l'autre » ! Tellement plus jouissif et rassurant : on a même le droit de se plaindre du « patron », mauvais par définition !

Une amie, récemment entrée en analyse, me dit : « Je ne me sens d'aucun intérêt, j'ai l'impression que tout ce que je dis à l'analyste est dérisoire. J'ai envie de lui demander : "Parlez-moi plutôt de vous !" »

Une jeune femme me déclare de même : « J'ose à peine parler sur le divan, je pense que je vais ennuyer mon analyste, je n'ai vraiment rien d'intéressant à dire... »

Je réponds à l'une comme à l'autre : « C'est justement la question sur laquelle vous avez à travailler. Pourquoi vous considérez-vous comme ayant si peu de valeur ? » (Toutes deux ont magnifiquement réussi sur le plan professionnel.)

Puis je songe à moi et me dis : « Mais j'ai été pareille ! Quand j'allais interviewer de grands écrivains, si je pouvais me mettre si bien à leur écoute, c'est que, pour ma part, je me considérais comme pas grand-chose ! Du coup, j'étais toute à mes interlocuteurs ! Mieux que ne l'eût été à l'époque un homme, lequel eût cherché à démontrer que lui aussi avait compris, réfléchi, créé pour son compte ! » Je me contentais de laisser entendre : « Je vous suis et je prends grand plaisir à vous suivre. » Flatté d'être aussi passionnément accompagné, mon grand homme « se donnait ».

Il me fallut du temps pour admettre que ce que je pouvais dire — ou écrire — risquait d'avoir quelque valeur, du seul fait que j'étais « unique ».

Cela aussi, Françoise me l'a appris.

Elle répétait : « Toute parole donnée est un acte d'amour. » Ou alors : « Chaque rencontre est une fête. » Elle m'a même dit : « Tu fais cadeau de tes livres, cela suffit. »

La première fois, je me suis sentie perplexe :

représentaient-ils autant que ça ? Non, elle devait se tromper...

Il me fallut la fréquenter davantage encore pour comprendre que c'était l'acte de « passer au symbolique » qui constituait un don.

Quand vous passez au symbolique — parler, écrire —, vous abandonnez quelque chose du réel, du vécu, de la jouissance première. Vous entrez dans l'univers des signes. C'est ce saut dans l'ailleurs, à partir d'un renoncement, qui est un cadeau fait aux autres. A soi, aussi.

En revanche, qui tue bêtes ou gens, avec une arme ou à mains nues, voire autrement, n'agit pas dans le symbolique, mais cède à une forme de jouissance.

Passer au langage est un progrès radical.

Sauf que le langage aussi peut être pervers et servir à tuer. C'est un des noirs privilèges de l'humain.

Il m'apparut assez rapidement que Françoise aimait parler avec moi. Là était le cadeau du Ciel.

Ces conversations, dont je notais des bribes, avaient lieu partout. A Antibes, où j'ai résidé chez elle. Au moment des repas, surtout du petit déjeuner. En poussant le caddy dans la petite « grande surface » près de la plage. Aux heures trop chaudes pour travailler, à l'ombre sous la terrasse. La nuit sous les étoiles.

Puis, il y eut le drame — le mien.

La rupture totalement inattendue avec un homme jeune, qu'elle aimait bien, elle aussi. C'est chez elle que je l'avais rencontré. Cet abandon, c'en était un, me laissa désemparée, seule avec un chien qui jusque-là avait été le sien, et une hémorragie interne qui prit forme d'écriture et devint *La Maison de jade*.

« A ton âge, tu aurais quand même dû penser que cela ne pouvait pas durer toujours, m'avait-on jeté en guise de consolation. Un bon conseil : désormais, adresse-toi à des hommes de ton âge ! »

C'était frappé au coin du bon sens, mais je suis rarement dans le « bon sens ».

Je suis plutôt du côté de la folie, de la nouveauté, du risque amoureux, casse-cou, brise-cœur. Et, puisque cet homme était redevenu ce qu'il n'avait jamais cessé d'être sous son vernis d'aventurier, un petit-bourgeois, je me tournai vers quelqu'un d'hors-dimension.

Seul un être sans commune mesure pouvait me comprendre, m'admettre dans mon parcours « pas comme les autres », avec mes manques, mes excès, mes brillances et mes fautes.

Elle, Françoise Dolto.

Puisque j'avais cette chance : qu'elle veuille bien de moi !

A Paris, j'allais la voir au moins une fois par semaine, le soir, à pied. Cela faisait une trotte, du Trocadéro au Panthéon, mais le chien, le pauvre chien privé de ses forêts « de jade », avait besoin de marcher. Et moi aussi, qui ne dormais plus.

Nous allions si vite que notre trajet se faisait sans rencontres, sans flânerie, sans rien voir. Comme si nous volions dans un couloir d'air qui nous conduisait jusqu'à elle, vers sa voix, son sourire. Le chien n'ignorait pas qu'une gâterie de nourriture l'y attendait.

Mais peut-être est-ce que je le diminue en disant cela : lui aussi allait vers « sa » parole, car Françoise lui parlait, comme à moi, sur le même ton, de la même façon qu'elle parlait à tous. Aux adultes comme aux nouveau-nés et aux « bébés fous ».

S'adressant au vivant empaqueté, emprisonné dans son sac de chair — la « viande », comme elle disait —, jusqu'à ce qu'elle ait trouvé moyen d'atteindre en lui l'être immortel. Celui qui attend de frémir, même chez le plus démuni, même chez l'animal, aux mots de la vérité.

En plus, c'était gai. Dès qu'elle m'avait ouvert, fussé-je en larmes un peu plus tôt, je pénétrais chez elle sourire aux lèvres, déjà réjouie ! Nous parlions partout, dans le couloir, la cuisine, à la table de la salle à manger où nous restions accoudées après avoir entendu les informations, jusqu'à ce qu'elle me dise : « Ecoute, j'ai sommeil, il faut que je dorme. »

Dormir, pour Françoise, était une fonction capitale. Elle s'y ressourçait, se récupérait, communiquait alors avec l'invisible.

Ses « invisibles » aussi, je présume.

M'a-t-elle parlé de ses rêves ? Je ne l'ai pas noté. Je me sentais tellement dans « mon élément », auprès d'elle, qu'il me semblait que ce que nous vivions serait toujours du présent, jamais de la mémoire, du souvenir, de l'oubli.

Souvent, elle m'a dit « je t'aime », mais plutôt au téléphone, très vite, comme elle le disait devant moi à d'autres. Je ne le prenais pas pour une déclaration particulière, mais comme un sésame : « Tu as accès à moi, je t'admets parmi les miens. »

C'est alors qu'a commencé à s'user, à se déliter ma jalousie native. Ce qu'elle donnait à autrui, aux siens, à ses enfants, elle ne me le prenait pas. Cela ne diminuait pas « ma part ». Au contraire, plus elle s'enrichissait par ailleurs, plus elle en avait pour moi.

Jamais, en ce temps-là, je n'ai pensé qu'elle le disait peut-être pour compenser l'horrible perte que m'était cette rupture pernicieuse et mal venue. Pour stopper l'hémorragie de mon être.

Plus tard, quand je fus « colmatée », il me devint possible d'aller voir mon père et de nouer avec lui une relation qui acheva de me tirer d'affaire. Une relation d'homme à femme — ce qu'il était, au demeurant !

Lui aussi m'a dit « je t'aime », d'où je pus commencer à m'aimer un peu moi-même, ce qui ne m'avait jamais été possible jusque-là.

Puis m'oublier.

Françoise me l'avait dit : « Si tu es bien analysée, tu peux oublier ton histoire, elle te devient indifférente, à partir de quoi tu te mettras à entendre les autres dans la leur. »

Il me fallut encore de l'analyse, encore de l'écriture, beaucoup d'expérience de vivre, et celle du pire : la mort de mes aimés (j'y inclus le chien). C'est seulement maintenant que je commence à entendre les autres. Dont — le plus difficile de tout — mes proches.

Quant à elle, Françoise c'est depuis qu'elle n'est plus là que je l'entends un peu. A l'époque, je me contentais de l'écouter. C'était tout ce que je pouvais faire. Me concentrant sur ses paroles pour m'appliquer chacune — même les plus générales — comme un baume sur mes blessures personnelles. Sur ma nouvelle douleur, mais aussi sur des blessures très anciennes, enfouies, que cette brutale rupture avait forcément ravivées.

Mon mérite, si je peux m'en accorder un, c'est que je « voulais » guérir. J'étais convaincue que je pouvais y parvenir, que j'en avais les moyens, la force. A condition d'être aidée.

De préférence par elle.

C'est peut-être cela qui l'a attachée à moi, bien qu'elle ne m'en ait jamais rien dit : cette obstination que j'avais, que j'ai toujours, à désirer « aller mieux ». Comme si c'était ma tâche sur terre, la seule.

Dans cet arrière-pays d'Antibes dont elle avait fait l'une de ses patries, il lui arrivait de m'emmener pour quelque promenade à travers des chemins rocailleux.

Le pied petit, toujours rehaussée d'un léger talon, elle allait vite, moi galopant à sa suite, tentant de voir ce qu'elle voyait, de capter le sens qu'elle y mettait. Revenant sur un point ou un autre de notre conversation du matin.

— Tu penses vraiment que l'être humain est par nature absolument merveilleux ?

— Il n'y a rien de mieux sur terre !

— Pourquoi dis-tu ça ?

— Parce que c'est un être de parole.

— Alors, il suffit qu'on parle pour être merveilleux ?

— A condition de parler vrai.

C'est là que tout achoppait. Qu'est-ce que ça pouvait bien vouloir dire, *parler vrai* ?

Il me semblait que je n'avais fait que ça toute ma vie, sauf mensonges « obligatoires », c'est-à-dire de convenance, de politesse —, et qui n'en fait pour éviter la guerre perpétuelle ?

Or Françoise ne cessait de revenir sur ce « parler vrai ». Aux enfants, d'abord.

— Tout de même, on ne peut pas tout leur dire !

— Alors on leur explique : « Ce sont nos affaires, pas les tiennes. Si tu y comprends quelque chose, tant mieux pour toi. Moi, je n'y comprends pas toujours. Mais je n'ai rien à t'en dire. »

Ce n'était guère le langage qu'on m'avait tenu, enfant. On me disait plutôt : « Tais-toi, ne parle pas de ça, c'est sale, chut ! » On me rendait coupable d'oser poser des questions. Aussi bien sur les conflits familiaux que sur le sexe. Je m'étais habituée à deviner, à ne pas savoir, à inventer. A me faire des idées. Fausses, peut-être, mais les miennes, qui m'arrangeaient.

Il a fallu le vieillissement de mes parents pour que j'entre enfin dans la vérité de leur histoire qui était en partie la mienne. Pour que je reconstitue les éléments d'un drame qui était le leur et qui, s'il nous avait été bien signifié, n'aurait pas dû être autant le mien ni celui de ma sœur.

Qui l'est devenu à cause du non-dit.

Jamais Françoise, elle, ne m'a fait ressentir qu'une de mes questions, même la concernant, pouvait être inconvenante ou déplacée. Aussi m'en donnais-je à cœur joie.

Elle réfléchissait avant de me répondre et je sentais alors qu'elle allait chercher le « vrai » au fond d'elle-même.

Le *vrai*, je finis par le comprendre, c'est ce qui est en accord avec ce qu'on ressent dans ce qu'elle appelait « le cœur ». Et s'il est si difficile de parler en direct de son cœur, c'est que l'on est acculé à certaines compromissions. Ainsi qu'elle me le formula, elles ne sont pas toutes sociales. Il y a ce qu'elle appelait le « mammifère », en nous, avec ses besoins, ses limites de perception. Et puis il y a notre histoire à chacun. Ce passé mal compris, mal digéré, qu'on projette comme un diagramme sur tout ce qui arrive.

Une formidable machine à faire du vieux avec du neuf !

Allais-je pouvoir en sortir ?

Je ne faisais que rabâcher :

— Tu comprends, quand j'étais petite, on me disait...

— Ah oui ? Eh bien, aujourd'hui, tu n'as qu'à te le dire autrement. D'ailleurs, tu le fais !

Tous les jours, nous aboutissions à un progrès, et le merveilleux, avec Françoise, c'est qu'elle n'oubliait pas de le signaler.

C'est peut-être ce que j'ai appris de plus fort auprès d'elle : aider les autres à constater qu'ils ont avancé dans leur développement.

Eux-mêmes passent leur temps à dire le contraire : « Je vieillis, je n'arrive plus à faire ci ou ça... Je n'aurais peut-être pas dû divorcer... J'ai sorti des bêtises...

— Mais tu le sais maintenant, puisque tu le dis ! Donc, tu as avancé ! Tu as fait un progrès ! »

Il est bien évident qu'on commence par rechigner. A quoi ça vous avance d'avoir l'« esprit de l'escalier », de constater ses erreurs « après » ?

Françoise a réussi à me convaincre qu'erreurs ou pas, chaque journée porte un fruit, un acquis d'expérience.

Même si l'expérience est mauvaise : « Tu t'es brûlée, maintenant tu sais que c'est chaud ! »

Elle aimait revenir sur ce qu'elle observait chez les tout-petits : ils se dirigent en vacillant vers un plus grand, qui est leur modèle. Lequel les rabroue, les bouscule — les plus grands préfèrent aussi plus grands qu'eux ! Alors ils reviennent en pleurant vers Maman ! « N'y va plus, il est méchant », dit Maman. Aussitôt, ils y retournent ! C'est qu'il y a, dans cette confrontation qui se passe mal, quelque chose à apprendre, une expérience à acquérir. Et qu'ils le savent, si petits soient-ils. (« Avant tout, nous désirons devenir », disait Françoise.)

En dépit des mamans qui aimeraient tant éviter toute souffrance à leurs chérubins !

Si j'ai si vite compris ce que disait Françoise sur l'acquisition de l'expérience, c'est que j'avais souffert d'une grand-mère surprotectrice. Elle m'empoignait la main dès que nous étions hors de la maison : « N'y va pas, c'est dangereux, ne cours pas, tu vas tomber, partons vite, ce sont des méchants !... »

Si elle m'avait autorisé quelques pas du côté de mes désirs, peut-être aurais-je fait l'économie, plus tard, de bien des traumatismes ! Avec justement ceux qu'elle me contraignait d'éviter, « les vilains bonshommes ». (Pas vu un homme, sauf de la famille, de toute mon adolescence !) Lesquels, une fois libre, m'en ont appris long sur ce que je subodorais, ma main dans celle de ma grand-mère, mais que j'avais besoin d'aller voir de près pour y croire !

Mais si je ne m'étais pas meurtrie aux « vilains bonshommes », me serais-je par la suite sentie autant disponible à l'enseignement réparateur de Françoise ? Sûrement pas.

Alors, tout serait bien qui finirait bien ?

Non, il y a le mal.

Celui qui détruit, pourrit, anéantit à jamais.

Là, mon amie reconnaissait n'y rien pouvoir.

Françoise n'était pas un ange.

Heureusement, car je n'aime pas les anges, du

moins ceux qui sont sur terre : ils font seulement semblant. La pâte humaine est trop pétrie de violence et de noirceur pour qu'il y ait de vrais anges parmi nous. C'est dans les ténèbres qu'on se débat avec plus ou moins de chances de réussite. Françoise le savait.

« Celui-là est pourri ! Il n'y a rien à faire... »

La première fois que j'entends mon amie prononcer cette condamnation à propos de quelqu'un que je ne connais pas, je sursaute. Elle, qui croit que tout se répare, se rattrape, se guérit, rejeter ainsi sans appel ?

Elle m'explique : il s'agit d'un drogué « lourd », de ceux qui retombent inexorablement dans leur vice, accrochés à leur nirvana artificiel comme un nourrisson au sein. Et c'est bien ce qu'ils sont : ils ont tellement régressé, renoncé à leur statut d'être autonome ou travaillant à le devenir, qu'ils ne peuvent plus se maintenir vivants hors de la drogue. Ils sont en sursis : que la drogue vienne à leur manquer, et ils meurent. Alors, tous les coups sont permis : le vol, l'assassinat. C'est l'instinct de survie qui les anime, comme dans un naufrage, un incendie, et leur fait commettre des actes innommables.

— Mais tu ne crois pas qu'en les soignant...

— Non.

Elle a essayé, me dit-elle, et elle s'est convaincue que certains « malades » » — un drogué est un malade — sont inaccessibles. Ils ont perdu le désir d'aller bien. D'aller, tout simplement. Or, pour aller, il faut accepter de traverser la souffrance.

Certains êtres — c'est leur circonstance atténuante — n'ont plus la force de faire face à la douleur. La douleur d'avancer en soi et dans le temps. C'est trop pour eux. Ils ont renoncé. D'où son sévère verdict de « pourriture ».

— Tout de même...

Elle me lance un regard en biais, presque d'excuse.

— Ce n'est pas leur faute. Ce qu'on leur a fait au départ était trop terrible...

C'est l'une des premières choses qu'elle m'ait dite : *« Ce qu'on t'a fait ! »*

J'étais abasourdie. Moi, qu'est-ce qu'on m'a fait ? Je n'ai été ni battue, ni violée, ni tourmentée, ni vendue, ni exilée — mais choyée, au contraire, gâtée, « pourrie » ! Oui, si quelqu'un a été *pourri* dans son enfance, c'est bien moi !

Justement, c'est là que gît le mal. Mon mal. J'ai été traitée comme un objet, pas comme un sujet. On ne m'a pas fait comprendre que j'étais un être doué de désirs différents de ceux de mes parents. Que j'avais droit à mon propre destin.

A peine né, un tout-petit a le droit d'être lui-même. Si cela lui est dénié, la douleur surgit, d'autant plus terrible qu'il n'a pas de mots pour la concevoir ni l'exprimer. Elle le prend tout entier. Le ravage.

— J'ai fini par m'apercevoir que certains bébés se suicident. Tu te rends compte ?

Une telle douleur dans son regard ! C'est de cela que je me rends compte : Françoise est, parmi les êtres que je connais, le plus capable de concevoir et, du coup, d'affronter la douleur d'autrui. Mais la douleur du petit enfant qui n'a pas de mots pour le dire lui est particulièrement intolérable. C'est pour cela qu'elle bondit à son secours quand on le lui permet.

— Tu sais, le bébé anorexique dont je me suis occupée toute la semaine, eh bien, ça y est, il est sauvé, il s'est mis à manger.

— Comment as-tu fait ?

— Je lui ai expliqué que ce qu'on lui faisait était mal, mais qu'il allait grandir et qu'il s'en sortirait...

C'est l'heure du dîner et elle s'active, devant le fourneau, à nous faire réchauffer un peu de civet de lapin ou de blanquette. Avec du riz.

— Tu aimes le riz ?

— Oui, oui, Françoise.

J'aime tout ce qu'elle me donne, mais, en ce moment, elle ne me donne pas son regard. Je crois qu'elle ne veut pas que j'y lise la haine.

Celle qu'elle nourrit envers les parents qui ont fait « ça » à ce bébé.

Bien sûr, les parents ont des excuses. Eux aussi ont été des enfants mal aimés. Est-ce une raison pour se venger sur ce pauvre petit sans défense ? Pour répéter sur lui ce qu'on leur a fait à eux ? Hypocritement, de surcroît, en gémissant qu'ils ne comprennent pas pourquoi ils ont eu la malchance de mettre au monde un enfant si peu viable !

Aux yeux de Françoise, torturer l'autre est le mal absolu. Et elle ne se prive pas d'avoir la haine du mal. Non, elle n'est pas un ange !

Elle le sait et tente de se rattraper.

— Je vais quand même tâcher de le tirer de là !

— Qui ?

— Le drogué.

Elle n'y est pas parvenue, il lui a échappé par overdose. Il ne voulait plus souffrir.

A moi, elle m'a appris, quand je souffre, à me dire : « Tu dois le traverser, tu vas y arriver ! »

Pourtant, c'est horrible de replonger à intervalles réguliers dans sa douleur initiale. Après ce qu'on m'a « fait » — qui me reste obscur —, je ne dois pas être particulièrement bien armée pour y faire face.

Mais Françoise est là.

M'aidant à convertir l'intolérable en mots.

C'est tout ce qu'elle peut.

Quand je veux l'en remercier : « Mais ce n'est pas moi qui l'ai fait, c'est toi ! »

Façon discrète de me préparer : « Il faut que tu apprennes à te passer de moi, car je ne serai pas toujours là ! »

Grâce à elle, je parviens tant bien que mal à me passer de sa présence. Pas de son enseignement.

Sans ralentir sa course, sans paraître s'apercevoir de ce qu'il fait, Oscar tire sur les feuilles de l'aspidistra — que je viens de rempoter — comme sur les cheveux d'une perruque et déracine la plante. Auparavant, il avait tenté de ficher ses dix doigts dans les gâteaux à la crème du dessert. Puis il détruit la toile d'une araignée, laquelle s'enfuit sur ses longues pattes tandis qu'il tente de la saisir entre le pouce et l'index.

— Tu vas te faire piquer ! ai-je crié pour retenir le vandale.

En vain.

— Celles-là ne piquent pas, m'informe Oscar du haut de ses six ans déchaînés.

A peine a-t-il franchi mon seuil, ce matin-là, le dos curieusement voûté, si petit derrière son géant de père, que j'ai senti le malaise. D'ailleurs, il ne répond rien à mes mots de bienvenue. Ce qui ne l'empêche pas de courir en tous sens, sans retenue.

C'est à son père qu'il s'adresse et rien qu'à lui, comme dans un monologue sans fin. Sans succès : son père, entrepreneur en maçonnerie, venu chez moi pour l'aménagement d'un bassin, est à sa tâche et ne répond pas. Ou juste pour le détourner.

Oscar passe alors à une autre méthode : l'imitation.

Il s'empare des outils paternels, marteau, perceuse, avec l'intention d'en faire usage. Je suis la seule à m'inquiéter. Pour le père, le petit « s'occupe », et c'est bon.

Je tente de calmer le jeu : « Viens avec moi, je vais te donner des livres. »

J'ai enfin droit à une parole : « Non. »

Je monte seule chercher deux albums plutôt intéressants — à mon sens — sur lesquels l'enfant ne jette pas un regard de toute sa visite et qu'il refuse d'emporter.

C'est au moment de l'arrosage qu'il commence à passer les bornes : hormis les plantes et le gazon, tout y passe, y compris lui-même !

Il y a aussi l'épisode « chiens ». Après avoir tenté de se les concilier, Oscar décide qu'il est plus drôle, ou plus perturbant, d'entrer en lutte avec eux. Affables de nature, mes bestiaux n'aiment pas plus que moi qu'on leur fourre les doigts dans les yeux, et savent alors l'exprimer : fuite d'abord, aboiements, mordillements ensuite.

Je tente de m'interposer. Mes cousins aussi — un jeune couple accompagné d'un bébé —, tandis que le père d'Oscar demeure d'une parfaite sérénité. « Il est comme ça » est son unique commentaire.

Au moment du départ, que nous voyons arriver avec soulagement, Oscar entreprend de se cacher dans le fond de la maison, criant à la cantonade : « Cherche-moi. » Son père n'y prend pas plus garde qu'au reste de ses propos et sort chercher sa voiture, garée à distance.

Nous en profitons bassement pour nous « venger ». Quand Oscar réapparaît en demandant : « Où est mon père ? », la mouche qui nous a piqués depuis longtemps nous fait nous écrier d'une seule voix : « Parti sans toi ! »

L'effet de la représaille dépasse nos prévisions. L'enfant se ploie en deux comme sous l'effet d'une douleur physique, se flanque des coups de poing dans le ventre, puis hurle à plusieurs reprises : « PapaMaman ! »

Emue par l'intensité de sa détresse, je le rassure aussitôt : « Ton père revient, ne t'inquiète pas ! Mais pourquoi te conduis-tu comme ça ? Tu ne fais que des choses pour l'embêter, et nous avec. Tu n'as pas envie qu'on t'aime ? »

Cette fois, le silence d'Oscar est attentif.

Je sens que j'ai frappé — à côté, toutefois.

La voiture revient, l'enfant se rassérène sur-le-champ. Trop vite, me semble-t-il. Il tourne autour du véhicule et trouve un reproche à adresser à son père, pas sur son absence, mais sur quelque rangement auquel il a procédé. Puis, sur son injonction, il accepte de revenir sur ses pas pour me donner un baiser d'adieu. Rarement deux personnes sont plus contentes de se quitter !

Oscar est déjà ailleurs : l'idée de rouler assis aux côtés de son père équivaut pour lui, c'est manifeste, au septième ciel !

S'il est si bien avec son père, pourquoi se comporte-t-il comme un sauvage, en enfant insupportable dont on souhaite se débarrasser ?

Je n'y comprends rien et c'est à moi que j'en veux, au point de finir par m'injurier : « C'est bien la peine d'avoir fait tant d'années d'analyse, dont plusieurs avec Françoise Dolto, pour être à ce point incapable de comprendre ce qui se passe entre un père et son fils de six ans ! Et pour en arriver à vouloir gifler l'enfant ! »

Car, moi qui ne tue pas les araignées, j'ai dû me retenir pour ne pas taper sur Oscar !

Petit à petit, un commencement de lumière se fait.

Si j'ai envie de battre Oscar, c'est qu'Oscar a tout fait pour. Donc, qu'il le veut !

Pourquoi ?

Pour se faire remarquer, bien sûr... Tout son comportement n'a été qu'un gigantesque show destiné à attirer l'attention sur lui. L'attention de son père ; éventuellement la nôtre.

Pour nous entendre perpétuellement crier : « Oscar, ne fais pas ci, ne fais pas ça, arrête, tiens-toi bien ! » Ce qui signifie qu'il souffre d'un manque d'attention à son égard — c'est limpide, même pour quelqu'un qui n'est pas Dolto.

Pis : son taux d'angoisse est énorme. D'où le dos voûté, l'absence de sourire, le fait qu'il a détruit sa nourriture à coups de cuiller plus qu'il ne l'a mangée.

Cet enfant meurt de peur d'être abandonné !

Sinon, pourquoi a-t-il poussé ce cri de bête quand nous lui avons dit — avec cruauté — que son père était parti sans lui, ce qui était, à nos yeux à nous, parfaitement improbable ?

Mais, pour lui, ça ne l'était pas : il doit redouter en permanence que son père ne l'abandonne.

Je me rappelle alors que ce bel homme jeune part parfois, comme les routiers, pour des semaines entières. Sans forcément téléphoner chez lui : il a résidé chez moi pour certains travaux, et j'ai pu le constater.

Si Oscar a hurlé « PapaMaman », et pas seulement « Papa », c'est qu'il craint également que son père ne quitte sa mère : il veut les souder en un seul être, cette entité rassurante dont il a tant besoin pour grandir et se développer.

Je ne sais rien de la mère d'Oscar, sinon qu'elle a une petite voix triste au téléphone. « Que fait ta mère ? » avons-nous demandé. « Des réunions », a jeté Oscar. « Des réunions de quoi ? — Des réunions. »

C'est l'union qui manque à l'enfant.

Et le souvenir me revient de ce que nous a répondu, à table, le père d'Oscar lorsque nous lui avons demandé si l'enfant avait des frères et des sœurs : « Ah non alors, et il n'en aura pas ! »

La réponse était si véhémente que, gênés, nous n'avons pas insisté. Nous aurions peut-être dû demander pourquoi Oscar risquait de demeurer fils unique. Mais, égoïstement, nous avons craint d'entendre des choses trop intimes, ou trop dures, ce dont nous n'avions nulle envie en déjeunant dehors par ce beau soleil.

Nous en sommes restés là.

Sans nous soucier assez de l'enfant qui non seulement savait tout cela, et bien d'autres choses encore, mais qui les vivait. Et tentait par tout son comportement de nous le donner à déchiffrer.

« Parmi tous ces inconnus que je rencontre en compagnie de mon père, devait-il penser, avec qui il entretient des relations d'amitié ou de connivence, qui l'arrachent à moi, à notre maison, à ma mère, quelqu'un comprendra-t-il enfin que je souffre, et pour quelles raisons ? Qui va savoir me rassurer ? »

Ce n'avait pas été moi.

Je souhaite revoir Oscar, lui dire : « Tes parents t'aiment. Ils se quitteront peut-être, cela arrive, cela m'est arrivé, mes parents à moi se sont séparés quand j'avais ton âge. Mais ils ne te quitteront pas, toi, leur fils unique et bien-aimé (plus qu'ils ne savent te le dire). Tu vas grandir, c'est immanquable, tu vas devenir un homme. Tant pis pour eux s'ils n'ont pas su profiter de toi, enfant, et te dire qu'ils t'aimaient quand il en était encore temps... Toi aussi, tu tisseras ta toile d'araignée, et ce sera pour toi seul. Tu seras heureux, tu en as les moyens, tu es doué, intelligent, observateur... »

C'est vrai, j'ai rarement vu un enfant s'intéresser autant aux insectes, aux araignées, mais aussi aux têtards, aux pucerons. J'ai failli lui dire : « Tu me fais penser à Fabre, c'est ainsi qu'il a commencé à devenir un grand entomologiste : à croupetons, comme toi, dans les allées du jardin de son grand-père... »

Mais je n'ai rien dit. Nous nous méfions tant de nos associations d'idées.

Pourtant, c'est ainsi que procédait Françoise : « Une idée me vient », me disait-elle avant de proférer quelque chose qui pouvait paraître incongru.

Le sens arriverait plus tard : d'abord accueillir l'événement, la personne, l'idée.

Je m'en veux encore : je n'ai pas su accueillir Oscar.

Bien sûr, je n'avais pas été prévenue de sa visite...

Ah, ces circonstances atténuantes qu'on se déniche chaque fois qu'on ne s'est pas senti à la hauteur ! On doit toujours être disponible à un enfant. Qu'il soit ou non en souffrance.

A y réfléchir, j'ai dû l'être quand même, puisque j'ai enregistré ce que j'écris là.

Même Françoise, au demeurant, ne comprenait pas toujours tout du premier coup !

Je vais envoyer une carte postale à Oscar.

« Mais non, disait Mme Dolto, cela ne se passe pas dans le sens que tu crois : ce sont les enfants qui m'apportent tout ! Les bébés, surtout... »

Elle est allée leur rendre visite, ses bouteilles à oxygène sur le dos, jusqu'à ses derniers jours. L'ultime fois où elle l'a pu, un tout-petit lui a demandé de lui passer un instant le tuyau qu'elle conservait en permanence dans sa narine pour ne pas suffoquer. « Donne-moi ton air. »

L'enfant avait raison d'y aspirer : l'air que respirait Françoise Dolto était certainement plus pur qu'un autre.

Les enfants ont toujours raison. Surtout les bébés : ils sont là pour vivre — survivre — et donc nous apprendre à en faire autant. Bruno Bettelheim, ami lointain, a écrit un livre intitulé ainsi : *Survivre.* Il avait beaucoup fréquenté les enfants, particulièrement ceux qui mènent en première ligne le combat pour l'adaptation à la société : les enfants autistes, psychotiques. Lui aussi pensait, comme Françoise, que les enfants lui avaient appris le plus précieux de ce qu'il savait.

Nous conservons tous un enfant en nous. Lorsque l'analyste me dit : « C'est de vous qu'il s'agit », c'est à cet enfant qu'il s'adresse et c'est lui qu'il désigne.

Il s'agit toutefois de grandir.

Au terme de leur enseignement, les maîtres hindous, repris par Nietzsche qui fut un peu le mien, enjoignent à leur disciple : quitte-moi !

C'est pourquoi je n'analyserai pas un à un les livres de Dolto comme je l'ai fait plus haut pour *Le Cas Dominique.* Françoise m'avait suffisamment appris à me tourner vers moi — et non plus vers elle — pour trouver seule la réponse à mes questions, ainsi qu'à mes doutes. J'aimerais pouvoir communiquer en quelques lignes ce qui, tous comptes faits, apparaît comme une méthode. Les religieux disent un « exercice » (et ils ajoutent : spirituel).

Il s'agit d'abord d'accuser le « choc ». Nous en éprouvons fréquemment, la plupart nous atteignent sous forme de mots. Chaque fois que je décroche le téléphone, ouvre mon courrier, je me dis : « Qu'est-ce qu'on va m'assener ? » Mon appréhension est souvent justifiée. Les gens — les autres — attaquent, agressent, reprochent, quémandent, ne fût-ce que pour se soulager eux-mêmes d'ils ne savent trop quoi. Le harcèlement s'amplifie à mesure que vous devenez quelqu'un qui a l'air de savoir. Ou d'être plus avancé en âge, en position.

Mon premier geste est de raccrocher ou de jeter à la corbeille. « *Le premier mouvement d'un homme est toujours de droite* », disait Sartre. Il entendait par là : on commence par la peur et le refus.

Tout être que vous touchez par mégarde, animal ou humain, a le réflexe de se rétracter. Moi aussi, je me replie dès le premier contact, j'ai bien droit à mes défenses !

Puis je respire plus profond et laisse du temps passer. Cela s'appelle : le temps de la réflexion. En réalité, je ne pense à rien. La phrase qui m'a blessée, les mots qui m'ont horripilée vont seuls cheminer en moi.

Tout à coup — au bout de quelques heures, quelques jours, des années parfois —, je les entends d'une tout autre façon. Non plus comme des coups qu'on m'aurait volontairement portés pour me meurtrir, ce qui est fait, mais comme un signal de détresse.

Là est le cœur de l'« enseignement Dolto ». Un enfant qui vous donne un coup de pied, qui vous mord, qui vous crache à la figure, ne cherche pas à vous faire du mal, même s'il y parvient, mais à se signaler à votre attention.

Parfois, c'est dur à encaisser. Que de fois je me suis entendu dire par quelque proche soucieux de mon bonheur : « Mais tu ne vois donc pas qu'il (ou elle) te déteste, laisse tomber ! »

Je tente de le faire. C'est en effet le plus raisonnable. Mais l'appel persiste en moi. Devient plainte, demande de secours.

Il n'est pas aisé d'y répondre : il y a des êtres qui, tout en implorant, ne se laissent pas approcher.

« Le silence, disait Françoise-la-diseuse, parfois, il n'y a que cela. »

Elle savait demeurer indéfiniment immobile près

d'un enfant autiste. Aucun mouvement n'avait lieu, ou alors si imperceptible qu'elle croyait l'avoir rêvé. A la longue, elle s'en était donné la raison. Sublime : « Nous partageons le même air. »

Je partage le même air que ceux qui m'en veulent ou m'assaillent, et je m'astreins à demeurer sur place. Sans affût. Dans quelque chose qui ressemble à la prière.

Premier bénéfice : moi, en tout cas, je vais mieux. Je ne me sens plus la cible, ce n'est pas à moi qu'on en veut. Ensuite, le motif du comportement d'autrui finit par m'apparaître : « C'est donc de cela qu'il souffre ! »

Nous ne sommes pas assez intimes pour que je me permette de dire : « Je vous ai compris. » Mais ma façon de sourire, de saluer, si d'aventure nous nous rencontrons, doit exprimer quelque chose de mon inattendue bienveillance.

« Ce que tu penses d'autrui, me disait parfois Françoise après des instants de ce silence dans lequel nous plongeait le constat de nos impuissances, cela le change, peut le faire évoluer. »

C'est un vandale, celui, homme ou femme, qui vient de sectionner à la tronçonneuse l'arbre de la place de la Liberté, aux Portes-en-Ré, un jeune tilleul qui marquait le centre du village et auquel nous étions tous attachés. Si l'on arrive à l'« attraper », il aura droit à sa correction. N'a-t-il pas « tué », ce criminel, un être encore plus vivant d'être symbolique ?

Mais, par-delà son vandalisme, qu'a-t-il cherché, ce meurtrier, à nous dire sur sa propre souffrance ? On n'abat pas un arbre pour *rien*. C'est un message.

« Les pauvres, dit l'Evangile, *ils ne savent pas ce qu'ils font !* » En vérité, je pense qu'ils savent, mais qu'ils sont seuls au monde à le savoir, et c'est de cela qu'ils souffrent et se vengent.

A nous de trouver comment on peut riposter sans continuer à nous meurtrir et à leur faire mal.

Cette nuit, j'ai rêvé que j'étais avec Roger Nimier, tandis que Jacques Lacan nous photographiait.

Tous deux sont morts, tous deux me manquent. Je me suis réveillée dans l'étrangeté et la mélancolie.

Puis je me suis admonestée : « Allons, analyse ! »

La difficulté du rêve, comme l'a enseigné Freud, repris par Lacan, c'est qu'il s'agit d'un rébus. Or les rébus m'agacent, les mots croisés aussi — je n'ai pas « la tête à ça » ! Chez moi, c'est l'association d'idées qui prime, cet insensible glissement qui nous emmène loin du point de départ.

Au commencement de mon rêve, je n'étais pas assise à côté de Roger, il y avait une femme entre nous, mais, quand j'ai vu arriver Lacan, avec un long objectif de professionnel, du genre phallique, j'ai écarté l'autre personne — anonyme dans mon rêve — et me suis approchée de Roger pour le prendre amoureusement par la taille.

Afin que nous soyons enlacés sur le cliché.

En passant, je lui avais familièrement tapé sur l'estomac : « Tiens, vous avez grossi ! »

« Pas de tutoiement en public », m'avait-il dit dans le réel, et il est vrai qu'il avait grossi, avant sa disparition.

La dernière fois que nous nous sommes vus, je me rappelle que...

Restons-en là. Même si le regret me taraude, après trente ans, de ne pas avoir été comme il me le demandait ce jour-là — j'avais entrepris d'être amoureuse d'un autre —, le problème d'aujourd'hui n'est pas celui-là, mais celui de la signification de ce rêve dans mon évolution.

Tout dernièrement, une journaliste est venue m'interviewer sur l'érotisme, le sexe, l'amour, ce fatras, ce champ de mystères. Ce que j'ai articulé n'avait guère plus d'intérêt ou d'importance à mes yeux que les fusées d'un feu d'artifice : pour faire joli, une fois couché sur la page glacée d'un magazine.

Toutefois, je me suis mise à parler de Nimier

comme d'un « cas » extraordinaire de séduction. Il les tombait toutes, moi y compris.

Du fait qu'il ne parlait pas, ai-je expliqué. Ce bel homme était capable de demeurer indéfiniment dans le silence, et même l'immobilité. Ce qui fait que, par sa seule présence, y eût-il foule autour, Nimier s'emparait de vous pour vous embarquer « ailleurs » : dans le monde de l'imaginaire, du non-vécu, où il était grand-maître et où nos têtes folles voulaient toutes aller.

C'est ainsi qu'il nous captivait : lorsqu'il se levait pour s'en aller, celle à qui il avait adressé son silence de ce jour-là, accompagné de quelques regards de sous ses longs cils, se levait également, comme hypnotisée, et le suivait n'importe où. A la stupéfaction de l'entourage qui y voyait de la magie...

C'en était.

Les petits impedimenta de la vie ordinaire, si ennuyeux pour les jeunes femmes que nous étions, mariées ou pas, n'existaient plus avec lui — on ne songeait ni à faire la cuisine, ni à manger, à peine à dormir. En tout cas, pas aux heures usuelles.

Il m'avait emmenée assister à une répétition, au TNP, du *Prince de Hombourg,* avec Gérard Philipe. L'enchantement du spectacle était le seul aspect du monde qu'il supportait, et il parvenait à vous donner le sentiment qu'il n'y en avait pas d'autre.

N'était-ce pas le souhait le plus profond de mon cœur : ne pas entrer dans la réalité ? Demeurer dans le rêve, la fiction, à l'instar de cet univers éthéré de la haute couture où ma mère m'avait conçue et si bien entraînée à sa suite ?

La dernière fois que j'ai vu ma mère en bonne santé, encore à la tête de sa maison, j'étais avec Roger, justement. Nous venions de lui rendre visite dans son petit immeuble du Trocadéro : j'avais voulu montrer à Nimier, qui n'avait pas manqué de l'apprécier, ce qu'était un décor entièrement 1930, organisé par Frank et Chaneau.

Nous remontâmes dans sa Jaguar ; ma mère était sur le pas de sa porte d'entrée en verre et fer forgé, dans sa robe de maroquin noir, avec son air absent qui parfois me serrait le cœur : où errait-elle ainsi ?

Nous étions seuls, tous les trois, dans le square Pétrarque désert. Comme sur une scène de théâtre, à jouer je ne sais quels rôles, écrits par je ne sais qui.

J'ai dit au revoir à Maman par la portière de la Jaguar, Roger l'a également saluée avant de démarrer, et elle a agité la main vers nous.

L'image de notre séparation s'est aussitôt imprimée en moi comme si je savais qu'elle resterait singulière.

Deux jours plus tard, Maman était dans le coma. La maison de couture en faillite. L'hôtel particulier fut démantelé, puis vendu. Roger est mort.

Qu'est-ce que je fais là, moi, survivante, avec mon rêve de la nuit ?

Qu'est-ce que je cherche à rattraper d'irréparable, d'à jamais perdu ?

Que me dirait Françoise Dolto pour me consoler ?

Elle commencerait sans nul doute par m'« attraper » :

— Tu as vécu ta vie par-dessus la vie...

— C'est vrai !

— Ni ta mère ni cet écrivain n'étaient non plus dans le réel...

— C'est vrai. Mais j'aimais ça, je les aimais. Je ne voulais pas entrer dans la vraie vie. Je crois bien que je ne voulais pas vivre du tout...

— C'est faux, puisque tu es là. Tu leur as même survécu.

— C'est bien ce qui me fait souffrir...

— Ce qui te fait souffrir, c'est d'avoir passé la plus grande partie de ta vie « à côté »...

— Mais non, c'est de les avoir perdus ! Et il n'y a pas qu'eux, hélas ! J'aimais aussi la maison de mon enfance. Envolée !

— Tout ce que tu as vécu t'appartient. C'est ton expérience. Au lieu de te désoler, tu devrais t'en réjouir.

— Mais je ne peux plus en jouir...

— Si, par la mémoire, les mots. Ecris ton rêve.

— Et Lacan, qu'est-il venu faire là-dedans ?

— Le voyeur, me semble-t-il. Et aussi celui qui fixe. Cela n'est pas rien, une photo : c'est pour la postérité.

— C'est un analyste... Il était peut-être là comme ton représentant ?

— Possible. Une analyse n'est jamais terminée, donc le rapport à l'analyste non plus...

— Tu crois vraiment que j'ai vécu à côté de ma vie ? Il est vrai que mes amours n'ont jamais été concluantes, puisque je suis seule aujourd'hui.

— C'est toi qui le dis...

— Tous ces gens merveilleux que j'ai connus ! Il me semble qu'il n'en existe plus de semblables aujourd'hui.

— Tu étais pourtant bien malheureuse au milieu d'eux, il te manquait l'essentiel : la réalisation... Nourris tes amours d'aujourd'hui de tes amours passées. Ainsi continueront-ils à vivre.

Un soleil nouveau éclaire les immenses et si vieux arbres de mon Limousin. Jusqu'au chêne tricentenaire, les voici frais comme l'œil dans leur feuillage de juin.

C'est depuis peu que je ne me laisse plus désespérer quand l'orage ou la tempête abat l'un d'eux. J'arrive à me dire : « Eh bien, on va en planter un autre, qui saura le remplacer ! »

Dans mon rêve, ces gens que j'aimais et que j'aime toujours étaient « chauds », donc vivants. Et si j'ai tapé sur l'estomac de mon compagnon, c'était pour lui montrer que, pour ce qui est de moi, la vivante, j'entrais enfin dans le réel ! Qu'il était temps de manger pour de bon, pas seulement « pour du beurre » et de faire des enfants. Lui en a fait, je les connais tous deux et leur souhaite de sortir du théâtre d'ombres où nous nous complaisons au souvenir de leur père.

Mais j'y pense : l'un m'a même photographiée, il y a des années, dans le but de me connaître et de parler avec moi de son père disparu ! Il voulait être photographe professionnel... Cette séance que j'avais oubliée n'explique-t-elle pas l'objectif de mon rêve ?

L'« objectif », n'est-ce pas aussi le mot qu'on emploie pour parler du réel ?

Ce garçon et moi cherchions-nous ce jour-là à nous rapprocher de la réalité, à crever la bulle, à rompre le sortilège où Roger nous avait l'un comme l'autre enclos ?

Ah, si je pouvais être plus apte à déchiffrer les rébus !

N'est-il pas étrange, aussi, que ce soit le rêve qui nous conduise à la réalité ?

Mon chemin est jonché de questions.

« C'est tout simple, me dit Edouard, vingt-quatre ans, à qui je confie mes soucis et interrogations sur l'utilité de la parole : le langage, c'est ce qui sert à partager ! »

Ce mot de *partage* est souvent revenu dans la bouche de mes analystes : « Il s'agit de partager ! » Moi, je ne me sentais guère une envie forcenée de partager, et j'acquiesçais sans conviction.

Donner, oui. Autrement dit, faire le deuil de possessions (objets, argent). Aussi de sentiments : quand on exprime ce qu'on ressent, on s'en sépare. Ecrire, c'est donner de soi, et Dolto me l'avait déjà souligné : « Toi, tu donnes tes livres... »

Je veux bien donner. Mais partager ? Se retrouver à deux dans le même lit, sur le même homme — ou la même femme —, dans le même amour ? N'avoir qu'un manteau, une paire de chaussures, une assiette pour deux ou plusieurs ?

Tout ceux que les circonstances ont forcés à cette communauté ont été bien soulagés quand elle s'est terminée. Quel bonheur « sans mélange » d'avoir enfin ses affaires, sa chambre à soi !

Dans le domaine des sentiments, avoir le cœur « partagé » est une gêne douloureuse.

Et si partager le pain est un devoir chrétien, une fois le quignon découpé — tous les prisonniers le savent —, quand vous tenez votre part en main, elle n'est qu'à votre bouche, à votre estomac ! A moins qu'on ne vous l'arrache, et sauf chez les pélicans, ces héros !

Non, je ne me sentais aucune propension à partager. Je préférais me contenter de ce qui m'était laissé — fût-ce minime — à condition que ce fût bien à moi, rien qu'à moi !

« Partage avec ta petite sœur ! » Quel enfant n'a pas fini par repousser son gâteau, son jouet, plutôt que de se retrouver à deux sur le même bout de ci ou de ça ?

J'ai beaucoup renoncé. Pour arriver à ce qui est mon luxe actuel : un espace, un silence à moi. Je préfère la solitude dans une région reculée à une splendide croisière au milieu de gens avec qui partager des sensations, un coucher de soleil, un tour guidé, quoi encore ?

Partager, plus j'y pense, plus c'est non !

Pourtant, quand Edouard m'a dit : « Le langage, c'est ce qui permet de partager », quelque chose en moi a aussitôt souscrit.

Un titre m'est revenu en tête, *Partage de midi,* cette pièce de Claudel que j'ai tant aimée, ne serait-ce qu'à cause du mot « partage » qui laissait entendre la fin de la solitude. Ne plus jamais être seule. Nulle part ! Même au milieu de l'océan. Et, pour cela, partager !

Quand j'écris, je partage. Quand je parle également. Mais ce que j'offre, je l'ai d'abord éprouvé dans la solitude, qu'elle soit morale ou physique. Mes livres sont les fruits de cette solitude. De même que mes pensées. C'est solitairement que je les ai mûris, puis cueillis afin d'en faire don à ceux qui croient pouvoir en tirer profit, comme moi des œuvres et des réflexions d'autrui.

J'ai pu mille fois vérifier ce que disait Françoise : « Ce qui est mis en mots est dédramatisé. » Puisque quelqu'un d'autre l'a ressenti, on est moins seul dans sa souffrance, son angoisse, et celles-ci s'apaisent.

De sombres histoires de succession m'ont néanmoins appris que certains préfèrent scier en deux une chaise, une bibliothèque, une commode, plutôt que d'y renoncer. C'est ce qu'ils appellent « partager », et cela se fait au nom de la loi !

On « partage » en deux, en trois, en vingt-cinq, puisque la loi en confère le droit, les vêtements du mort, des bijoux, des colliers de perles, des meubles, des maisons... Les familles éclatent, la haine remplace l'affection ; la rancune, le ressentiment s'installent sur plusieurs générations.

Alors qu'il y a un autre partage possible, celui que tentait de me faire concevoir Françoise : le partage par la parole. En évoquant le défunt pour se replacer dans son désir formulé ou tacite, ses dernières volontés exprimées oralement ou par écrit, afin de léguer à chacun ce qui pourra le mieux lui rendre service ou le consoler...

Rien n'y fait ! Des héritiers exigent des meubles qui leur « reviennent » — drôle de mot ! — de par la loi, quitte à les vendre aussitôt après ! C'est plus fort qu'eux : ils sont incapables de les laisser à ceux qui en auraient l'usage.

Dans chacun de ces cas où la violence prévaut, on peut être certain que quelque chose n'a pas été dit ni entendu en famille, que des secrets y sont demeurés enclos.

Des mots qui font vivre avaient dû manquer dès la naissance et ne furent pas non plus au rendez-vous de la mort.

Un long travail est alors à faire pour rattraper cette absence.

Quand je parvenais à dire à Françoise : « Je viens de m'apercevoir que ces meubles, ces œuvres d'art, cette maison qui ont appartenu à ma mère, je n'en ai guère besoin ni vraiment envie, je peux les laisser », je la voyais se réjouir : « Bravo, je suis contente de toi, tu as fait un progrès ! »

Non qu'elle me désirât dépouillée — elle-même possédait plusieurs maisons et y tenait —, mais pour me délivrer de cette paralysie où fige un passé mal en place.

Pour m'aider à opérer plus facilement le partage entre ce qui est mort et dépassé et ce qui est en train de m'advenir de neuf et de vivant, elle ne cessait de me répéter : « Laisse les choses, garde les mots ! »

Quant aux êtres, faut-il les laisser ou les garder ?

Il m'est arrivé, en analyse, de susurrer au praticien, que je devinais se rencognant, incapable d'une interprétation : « Moi, vous savez, je n'ai jamais envie d'un homme, du moins la première. Il faut que ce soit lui qui me laisse entendre, par un signe quelconque, qu'il me désire. S'il n'est pas trop moche, aussitôt je cède... Je me défends très mal contre le désir de l'autre... »

Sur cet aveu, point de réponse, du moins en séance.

Mais ce matin — l'analyse continue de travailler à votre insu, fût-ce des années après — l'évidence s'impose : je réside depuis quarante ans dans un appartement que je n'ai pas choisi, un lit que je n'ai pas acheté, des objets, des tableaux qu'on m'a légués. Dans ma maison de province aussi, je suis « chez les autres » : les murs, la décoration, les meubles, j'ai tout hérité de mes grands-parents et de mon père, jusqu'à la plus petite cuillère gravée à des initiales qui ne sont pas les miennes.

Jusqu'à vingt ans, je n'ai pas non plus décidé pour mon habillement : ma mère m'imposait ses modèles, qu'elle me ramenait sur son bras de sa maison de couture. Pour ce qui est de mon métier — journaliste — il m'a été imposé par mon mari. (Pour moi, j'aurais préféré peindre, dessiner, mais je ne l'ai pas dit !)

Lequel mari fut le premier de tous à me déclarer : « Je t'épouse. » J'ai aussitôt dit oui. (D'autres femmes m'ont fait le même aveu : « Pourquoi l'ai-je épousé ? Parce qu'il m'a demandé en mariage, tiens donc ! »)

A mon actif, si je puis dire, je ne me remémore que des ruptures, un divorce. Et mon entrée en analyse poussée par une crise d'angoisse. (C'est tout de même moi qui ai donné le coup de téléphone au praticien, choisissant alors ma filière : lacanienne.)

Qu'ai-je à prétendre de m'étonner du sort des femmes du tiers-monde auxquelles on impose un époux dont elles ne verront le visage qu'après la cérémonie du mariage, une belle-mère qui régira leur foyer, l'obligation de mettre au monde un fils sous peine de répudiation ? Sans compter des rites et des traditions à respecter jusqu'à leur dernier souffle.

N'étais-je pas — à quelques arriérations près, comme l'excision — dans le même cas de figure ?

Un rêve de la nuit a préfiguré mon affranchissement. Je m'approche d'un jeune homme que je n'ai pas revu depuis quarante ans, et je lui dis : « Je t'aime. » Une déclaration que je ne lui ai jamais faite à l'époque. Jean-Claude était un gentil garçon, toujours à mes côtés de mes dix-sept à mes vingt ans — mais qui n'a pas fait la démarche de me demander en mariage. Incapable de choisir, je me serais abandonnée à son désir. (Ce fut le cas de ma tante, mariée à dix-huit ans « parce qu'il m'a demandée », comme elle me l'a cent fois raconté, encore stupéfaite de sa soumission.)

Dans mon rêve, je me penche vers ce jeune homme, lequel a toujours l'agréable visage de ses vingt ans, et dans un sentiment d'extrême détermination je lui avoue que je l'aime. Lui est perplexe et me répond : « Je ne m'y attendais pas ! Je suis surpris... » Ce qui ne me démonte pas, laissons-lui digérer la nouvelle, ensuite tout ira bien !

Mais tout peut-il encore aller bien pour moi à qui nul n'apprit à « choisir », c'est-à-dire à suivre son propre désir, lorsqu'il en était temps ?

On me demande souvent : « Vous qui n'avez pas pu avoir d'enfant, pourquoi n'avez-vous pas cherché à en adopter ? » Jusqu'à aujourd'hui, je répondais n'importe quoi, sans conviction... Maintenant je sais ce qu'il en est : personne ne m'a dit : « Adopte-moi ! »

Dolto avait raison : il n'est jamais trop tard pour faire des découvertes sur soi-même.

Hélas, elle n'est plus là pour s'en ébaubir avec moi !

« Occupe-toi de la petite ! » me dit brusquement Françoise.

Je n'ai pas d'enfant, ni personne d'autre à charge. Nous sommes toutes les deux seules et, malgré moi, je me retourne pour voir où il peut bien y avoir une « petite ».

« La petite, c'est toi ! » ajoute Françoise, voyant mon désarroi.

Extraordinaire apaisement !

Comme toutes les femmes, chaque fois que je me soucie de ma toilette, vais chez le coiffeur, m'offre un plaisir personnel, d'une certaine façon, je me sens coupable de « trop » m'occuper de moi. Que quelqu'un comme Françoise Dolto, croyante, rigoureuse sur l'éthique, considère que ce que je fais pour moi n'est pas encore assez, me soulage ! J'ai donc le devoir de m'occuper de moi, par priorité ?

S'occuper de soi peut signifier, entre autres, faire une psychothérapie ou une psychanalyse. Mais beaucoup de femmes me disent encore qu'elles ont « honte » à la perspective d'entrer en analyse : temps pris, argent dépensé, quel égoïsme !

Dans l'ensemble, les femmes considèrent comme normal de se sacrifier à autrui. Ce serait leur vocation, leur seul destin : les hommes et les enfants d'abord ; elles, après. Dans cette optique, une analyse leur paraît relever du pur « confort » personnel. Elles sont trop aveuglées par ce qu'on leur a seriné sur leur « rôle » pour se rendre compte qu'il s'agit là d'un travail souvent dur, et d'une modification dont leur environnement bénéficiera.

Rien de pire que les épouses et mères qui ne « lâchent » pas les leurs, devenus leurs proies, sous prétexte qu'elles leur ont « tout donné » ! Qui, dans l'entourage de ces femmes-là, ne souhaite plus ou moins ouvertement qu'elles s'occupent enfin d'elles-mêmes ? De leur personne, et pas seulement de leur apparence !

Je me souviens de mon mari me disant : « Peigne-toi, tire sur ta jupe, ta veste est froissée, tu as une tache ! » Ce n'était pas par amour pour moi — je le percevais aussitôt —, mais pour améliorer l'image qu'il entendait donner de « sa » femme, donc de lui-même.

En revanche, si, ce jour-là, j'avais réussi à me constituer une tenue bon chic bon genre, j'avais droit à des compliments. Lesquels, à vrai dire, me satisfaisaient de moins en moins.

Et moi, dans ce carnaval, où étais-je ?

« Et la femme en vous ? » m'a répété une analyste.

La femme en moi voulait, veut toujours sa liberté...

Lorsqu'on dit ça, les gens s'imaginent aussitôt que l'on revendique le droit de coucher avec tout le monde ! Pensez, depuis des siècles que les femmes en sont privées, elles doivent avoir sacrément besoin de se rattraper !

Ce que l'on brigue en réalité, comme tout être humain, c'est le droit d'aller dans le sens de son vrai désir, qui n'est pas de consommer mais d'être, et qui se révèle différent pour chacun.

Quel était le mien ?

On n'élucide jamais complètement ce mystère : qui est-on, que veut-on ? Tout ce qu'on peut, c'est se sentir plus ou moins sur son vrai chemin.

En analyse, je me suis toujours sentie sur mon chemin — hormis avec certains praticiens que je me suis empressée de quitter dès que j'ai perçu l'insuffisance de leur écoute. A ma table à écrire aussi, je me sens dans la bonne voie. Avec autrui, il arrive qu'une étincelle jaillisse, une flamme s'allume. Cela ne dure pas, nous sommes opaques les uns aux autres, nos désirs s'opposent ou se contrarient. Mais ces quelques instants de communion font oublier bien des jours de compagnonnage obscur.

Ce que je désire avant tout, me semble-t-il, c'est avoir le droit d'exprimer, oralement ou par écrit, ce que je ressens à chaque étape, presque à chaque instant. C'est cela, pour moi, « ma liberté ».

Dans ma famille, je n'ai connu que ma mère à faire à peu près ce qu'elle voulait : créer. Les autres, même mon père, qui aurait voulu être artiste, se sont inclinés devant la volonté d'autrui, qu'ils ont respectée par faiblesse ou par devoir, ou n'ont pas su tourner. (Quel ressentiment peut alors s'accumuler pour éclater sur le tard ! J'en ai de proches exemples.)

Les vrais obstacles à l'épanouissement de soi sont intérieurs : culpabilité, peur de heurter, de se faire mal voir, de perdre l'amour.

« Occupe-toi de la petite » — l'injonction libératrice de Françoise Dolto était assortie d'un corollaire : « Aime-toi toi-même. »

Tant qu'on compte sur les autres pour être aimé, on reste leur esclave : chacun a expérimenté, chez soi ou chez autrui, jusqu'où peut aller la lâcheté pour continuer à être aimé ! On rampe, on se déguise, on se contrefait... On tue aussi, insoucieux du châtiment qui vaut mieux, semble-t-il, que l'abandon !

En revanche, si l'on apprend — ou consent — à s'aimer soi-même, on n'a plus besoin d'autrui pour vivre et être heureux. Et c'est précisément à partir de ce moment-là que les autres se rapprochent : ils ne seront ni englués ni dévorés !

Chaque rencontre peut alors devenir une fête.

Quel ramassis sans aucun ordre chronologique, doit-on se dire, comme si tout était à la fois du présent et du passé, du vécu ou de l'à revivre !...

C'est cela même, une analyse.

Au cours du lent travail sur le divan, on ne cesse de reprendre sa copie en la modifiant un peu, beaucoup, parfois pas du tout. A se répéter les mêmes faits, à remâcher les mêmes souvenirs, à rêver les mêmes rêves (moi, celui d'un jardin), à ranimer des images qu'on croyait mortes.

Pourtant, ce fastidieux travail de remémoration — passif et actif — agit.

On s'en rend compte à certains changements.

Sans que rien ne l'ait annoncé, je me suis mise à écrire pour publier, puis à prendre sans appréhension la parole en public.

— Vous n'avez pas le trac ?

— J'en suis la première étonnée. Et même désappointée : les bons acteurs ont toujours le trac... Je dois être mauvaise !

C'est l'analyse qui m'a délivrée de la peur et de la gêne de m'exhiber. Je parle en public comme sur le divan : en tâchant de *dire vrai*. Et c'est un tel travail, qui demande une telle concentration pour ne pas se laisser emporter par la rhétorique, l'envie de faire joli, de camoufler, de faire plaisir, par la timidité aussi — cet orgueil blessé —, qu'on en oublie d'avoir peur.

Je termine toujours par la même phrase : « Voilà ce que je voulais vous dire ! »

C'est la présence attentive de l'auditoire qui a déclenché mon désir de parler — comme celle de l'analyste derrière moi. Mais je ne saurais dans l'instant prononcer un mot de plus. Et, comme en analyse, le silence, malgré moi, s'installe.

Quand je me relève du divan, j'ai souvent du mal à faire un pas. Après une prise de parole en public, je ressens la même absence au réel. Les applaudissements éventuels ne parviennent pas jusqu'à moi.

J'ai fait mon « travail », comme en séance. Un travail de mise en mots, de dévoilement. Tant mieux s'il plaît. Je crois que je supporterais tout aussi bien d'être sifflée.

Oui, prendre sereinement la parole est — du moins pour moi — l'un des résultats du travail analytique.

Il en est d'autres que je suis seule à déceler. Dont la possibilité d'écouter les gens sans les interrompre aussitôt.

« Vous écoutez bien », me dit-on.

Cela ne m'est pas naturel, et je ne le fais pas toujours. Il y a des moments où la parole des autres m'exaspère, tant elle me paraît à côté de leur vérité. Ou trop proche de la mienne : « Oui, oui, nous sommes d'accord, pas la peine de continuer ! »

Mais si ! Ce que cette personne profère, déclenché par mes mots ou ma présence, elle ne le dit pas *pour moi,* elle le dit — peut-être pour la première fois — *pour elle-même.* Il est important qu'elle puisse s'entendre jusqu'au bout. Sans que je cherche à lui « clore le bec », dans l'impatience de m'exprimer à mon tour !

Je suppose que les analystes se retiennent pareillement d'intervenir, sachant que l'analysant doit pouvoir aller jusqu'au bout de sa « verbalisation ». Mais cela doit les démanger, eux aussi ! « On a compris, je vous ai compris, ça suffit comme ça ! »

Mais lui, celui qui parle, a-t-il compris ? Sûrement pas, puisqu'il se répète...

Bien d'autres changements plus ou moins subtils ont eu lieu dans mes rapports avec autrui. Certains ne furent que passagers, et c'est tant mieux : tout un temps, je n'avais plus rien à dire aux hommes, plus rien à voir ou à faire avec leur espèce ! Je les avais trop idéalisés, et les découvrir dans leur vérité d'êtres humains limités, les bras m'en tombaient, le désir aussi. Je les trouvais laids, pleins de poils, sentant mauvais, alors que je les avais jusque-là tous jugés désirables, fussent-ils objectivement affreux, du seul fait qu'ils étaient de l'autre sexe. A présent, je leur découvrais les pires des vices : un homme, qu'est-ce que c'est d'autre qu'un chasseur-guerriercriminel, etc. ? Les assassins d'enfants, d'Oradour au Rwanda et ailleurs, ne sont-ils pas des hommes ?

Dans une seconde phase de mon analyse, j'ai pu me reconstruire une image des hommes plus fragile et encore plus belle que celle d'autrefois. Submergés par leurs pulsions sexuelles et leurs appétits de pouvoir, ils ont besoin des femmes. Pour les tempérer, les humaniser, faire que cette force qui les pousse à tuer — ou à se tuer, au volant de « Formule 1 », en sondant l'espace ou le fond des océans — se mette au service de la construction d'un monde moins possédé par la mort.

Les hommes font les guerriers, mais ce sont aussi les pacifistes. Les grandes aspirations humanitaires, ce sont eux qui les imposent. *« L'œuvre de paix, la plus grande des œuvres humaines »*, a dit un homme, Benjamin Franklin. Les fondateurs de religions et de morales sont des hommes. Freud était un homme : c'est lui, seul contre son siècle, qui a découvert qu'il n'y a pas d'autre chemin que la vérité, que de mettre en mots la vérité du désir. Afin de renoncer à coloniser les esprits et les corps par la force.

C'est un homme qui l'a formulé : la force ne tient pas, la vérité est la seule voie.

Françoise Dolto reprend le même message à l'adresse des femmes.

Il le fallait : même Freud était quelque peu démuni — pour ne pas dire pis — face aux femmes.

En le lisant, je préférais d'ailleurs oublier que j'étais une femme. Je ne pouvais pas, je ne voulais pas m'assimiler à la maman du petit Hans, par exemple, à « la pisseuse ». Je voulais moi aussi être un « être qui pense », qui va au-devant de la vérité de lui-même. Comme un homme, comme Freud, comme Hans, l'enfant qui cherche à avancer « malgré Maman », ou comme le père de Hans qui va consulter Freud pour son fils.

« Mais toi aussi, tu vas vers la vérité ! n'a cessé de me répéter Françoise Dolto. Il n'y a pas que les hommes ! Tu peux même les aider à y aller, car ils ont besoin de toi, les pauvres, de ta vérité de femme, même s'ils ne le savent pas, même s'ils la refusent ! Tu verras... »

L'un de mes derniers affrontements avec la vérité d'un homme a eu lieu à Nevers.

Au dîner qui devait clore le Salon des Dames, dont j'étais cette année-là la présidente, Gilberte Bérégovoy était à ma gauche et dans son deuil. Un homme de la région, un personnage connu et de pouvoir, était installé à ma droite. La passe d'armes n'est pas longue à venir.

— Je ne comprends pas ce que les femmes vont faire hors de chez elles !

N'étais-je pas justement hors de chez moi, et n'était-il pas mon invité ? Il continue comme si la situation lui échappait.

— Ma femme, elle, y reste. Vous la voyez, là-bas ?

Une jolie femme, en effet, fort élégante, sourit à une autre table.

— Elle n'a pas l'air malheureuse, hein ? C'est que les femmes ont tellement de choses essentielles à faire chez elles : s'occuper de leur foyer, de leur mari, veiller à l'éducation des enfants. L'éducation, voilà qui est primordial !

— Les enfants, dis-je, je n'en ai pas. Mais mon ex-mari en a quatre, et il s'en est très bien occupé. Il les a envoyés terminer leurs études dans une université américaine et...

— Les Etats-Unis, quelle horreur ! Et puis, il faut pouvoir se le payer. Songez un peu aux autres !

— C'est exactement ce qu'il dit. D'ailleurs, il faudrait que l'Education nationale...

— Ce n'est pas à l'Etat qu'il faut s'en remettre. C'est la mère au foyer qui doit surveiller les devoirs. Ma femme s'est remise aux études pour se hisser au niveau de celles des enfants. Et puis il y a la maison, le jardin, nous faisons des expositions d'art... Il faut que vous veniez chez nous, je vous invite ! Vous pourrez même coucher.

(Il me voulait donc moi aussi « à la maison », dans la sienne !)

— Non, dis-je faiblement, je ne peux pas, j'ai mes maisons à moi. Comme je n'ai pas de mari ni de compagnon, je dois y être et...

— Vous vivez sans homme ?

— C'est bien pour cela que je dois travailler, dis-je, fiérote : en gagnant ma vie par l'écriture...

— Mais les femmes *ne doivent pas* travailler ! C'est aux hommes de les entretenir s'ils ont le sens de leurs responsabilités !

Je me tourne vers Gilberte Bérégovoy pour quérir du secours. Je sais qu'elle ne mâche pas ses mots quand elle veut.

— Cet homme d'ici, que vous connaissez sans doute, me dit que les femmes ne devraient pas travailler ! Qu'en dites-vous ?

Je n'oublierai jamais l'œil de Gilberte transperçant mon voisin comme s'il n'existait pas, ou comme si elle ne concevait pas d'en entendre davantage. Mais peut-être était-elle, en effet, pas dans l'ailleurs...

Au Salon, j'avais demandé à la vingtaine d'écrivains-femmes présentes de s'exprimer sur elles-mêmes, de dire en public, sur la scène du petit théâtre du Palais, quelque chose d'elles *qu'elles n'avaient encore jamais dit à personne.* Elles avaient été prodigieuses. (L'une d'elles confia sans réticence que l'adolescente violée de son roman, c'était elle.) L'assemblée restait suspendue à leurs lèvres d'où sortait ce miel de l'espèce humaine : la vérité.

Il y avait eu des hommes pour applaudir.

Dans l'après-midi, j'avais signé mes livres. A des femmes, presque toujours. J'ai l'habitude, et quand je vois un homme se diriger vers moi, prendre en main l'un de mes ouvrages, puis me le tendre pour une dédicace, j'interroge pour la forme : « C'est pour votre femme, votre mère, votre fille ? »

C'est en tout cas pour une femme !

Mais eux, pourquoi ne me lisent-ils pas ?

« C'est que vous écrivez pour les femmes ! » m'explique-t-on.

Non, j'écris *des femmes,* je *les* raconte.

Les hommes ne feraient-ils pas bien de me lire pour s'informer un peu sur leurs compagnes afin de mieux les aimer, les comprendre ?

Je transbahute ma question de signatures en signatures, et c'est un homme qui finalement y répond :

— Mais les hommes n'ont pas du tout envie d'en savoir plus long sur les femmes, surtout sur leur douleur ! Ils ne veulent pas en entendre parler, ou ils préfèrent la découvrir par eux-mêmes. S'en faire une idée qui les arrange, qui leur permet de continuer à les désirer. La vérité des femmes toute crue, quelle horreur, pour un homme !

C'est vrai que les femmes sont crues. Moi, la première.

Après le succès de *La Maison de jade,* qui raconte crûment une passion, la mienne, j'ai demandé à Françoise : « A ton avis, pourquoi est-ce que ce livre marche ? », elle m'a répondu : « Parce que tu mets en mots une douleur féminine qui n'avait pas été exprimée. Continue. »

Françoise m'a toujours poussée à ce que d'autres appellent avec mépris « mettre sur la place publique » — et elle : « révéler dans sa vérité ».

Formuler ce qui ne l'est pas, dévoiler des choses cachées depuis le commencement du monde, se mettre nue devant tous, voilà qui ne vous fait pas que des amis ! Ni des amants !

— Vous comprenez, conclut cet homme que je remercie d'avoir contribué à éclairer ma lanterne, les hommes préfèrent déshabiller les femmes eux-mêmes !

« Alors je lui ai dit ci et ça, et c'était fait... La petite s'est remise à manger, à se développer... »

Il n'y a que dans les contes de fées que quelqu'un prononce ainsi une formule, quelques mots magiques, et qu'un changement radical se produit : la bête devient prince, la vilaine sœur un crapaud, la citrouille un carrosse... Dans l'Evangile il suffit au Christ de dire « Lève-toi ! » pour que Lazare s'extraie de la mort, ou « Marche ! » pour que le paralytique jette ses béquilles.

Avec Françoise, le merveilleux était constant, et l'enfant en soi n'y résistait pas. Sur quelques mots, la guérison avait lieu, à tout le moins le changement. Ses livres sont truffés de cas semblables. Elle-même m'en racontait certains. Bien sûr, le traitement n'agissait pas à tout coup. Des cas avortaient — les parents retirant leur enfant trop tôt ou le mal étant si profond que l'être muré le demeurait. Mais les échecs s'estompent derrière les réussites. D'autres diraient : les « miracles ». C'est pour les multiplier qu'elle s'est donné le mal de rédiger ces livres difficiles où elle déploie ses arguments théoriques. Seules la paresse et la mauvaise foi empêchent de s'y reporter.

En réalité, tout cela, nous le savons au fond de nous-mêmes : nous sommes nés dans le langage, pareils à Obélix tombé tout petit dans sa potion magique. De même, nous sommes intuitivement détenteurs des codes capables d'ouvrir les secrets de la vie et de la mort. Et lorsque nous y accédons un tant soit peu, nous sommes véritablement renversés, transformés de fond en comble. Mais nous n'avons pas forcément envie de cette connaissance, nous préférons demeurer dans le flou, n'en pas trop savoir, laisser l'élucidation des mystères à d'autres, plus intrépides. Aux « grands prêtres ». Quitte à leur abandonner le pouvoir qui va de pair avec la connaissance des secrets de l'être.

Ma position était double : j'avais envie d'en savoir plus long, mais, en même temps, j'appréciais qu'il y eût des gens plus avancés que moi sur le chemin, auxquels faire appel en cas de besoin. C'était rassurant. Je pouvais continuer de batifoler, et si cela allait vraiment trop mal, je savais à qui m'adresser. J'avais leur numéro de téléphone...

Attitude on ne peut plus fréquente aux Etats-Unis où chacun va trouver le « psy » lorsqu'il a mal à l'âme, comme le dentiste dès qu'il a mal aux dents. Puis le paie et s'en retourne à la vie « courante ». En somme, ne souhaite pas devenir autosuffisant, et n'y travaille pas.

Ce n'est pas ainsi que cela se passe avec les analystes que j'ai choisis de fréquenter, dont Françoise. Leur but, en vous soignant, est de vous rendre indépendant, que vous deveniez vos propres parents. Sans conserver le moindre « lien filial » avec l'analyste, lequel, dans la plupart des cas, s'efface, se fait oublier, se retire totalement de votre vie. Est « rejeté », dit Serge Leclaire.

A plusieurs reprises, Françoise m'a dit : « Je suis ton amie » — sous-entendu : Je ne suis pas ta mère déguisée en psychanalyste. Je ne suis même plus ton analyste, mais quelqu'un qui parle sur un pied d'égalité avec toi.

La preuve que je ne l'entendais pas de cette oreille, c'est que cette phrase qui aurait dû m'enchanter — « Je suis ton amie » — me plongeait dans une sorte de froid. Que je surmontai aussitôt, car je savais bien qu'elle avait raison. Que c'était pour mon bien et pour le sien qu'elle me remettait à une place d'« égale ». Et que cela représentait un succès, le résultat réussi de notre commun travail.

Déjà, le jour où je m'étais aperçue, à de menus riens, que ma mère aussi ne me considérait plus comme quelqu'un à protéger, mais comme une égale, j'avais éprouvé jadis la même déception. Une sorte de terreur.

Comme si j'étais rejetée dans la solitude, cette abomination qui est aussi le but à atteindre. Pour se sortir de l'aliénation première.

Une femme peut-elle se séparer véritablement de sa mère si elle ne devient pas mère à son tour ?

Moi, femme sans enfant, comment pouvais-je y parvenir ? Et toutes les autres femmes dans mon cas, qu'allaient-elles devenir s'il en était ainsi ?

Les femmes sans enfant sont plus nombreuses qu'on ne le croit, et les problèmes liés à la stérilité féminine énormes, quoique tus le plus souvent. L'opinion, pensant tenir la solution, s'en préoccupe assez peu : « Elles n'ont qu'à adopter des gosses ! »

Comme si l'adoption, cet acte si délicat, si improbable, ne présentait pas lui aussi de vastes écueils qu'une femme déjà en difficulté de par sa stérilité a plus de mal à éviter que celles déjà pourvues d'enfants...

Nous en avons parlé, Françoise et moi, encore et encore. Elle aurait voulu m'enraciner dans une lignée que je ne possédais pas, inexistante. Ainsi me parlait-elle de mes livres, mais je me rebiffais : les livres ne sont pas des enfants ! (J'avais en partie tort, mais je ne le découvrirai que plus tard.)

Le temps passant — c'est un autre analyste qui m'a pointé le fait —, je me suis de plus en plus reliée à mon père et à ma mère, tout deux vieillissants, en m'imprégnant de leur vie à eux, de leur époque, de ce qu'ils avaient vécu avec moi et avant moi.

« Il faut bien que vous vous enraciniez quelque part, me disait l'analyste ; vous le faites par un retour en arrière, vous vous accrochez à votre ascendance, à la lignée qui vous a précédée ! »

J'ai fini effectivement par devenir imbattable sur mes arrière-grands-parents, certaines tantes mortes dans la fleur de l'âge, d'anciennes amours qui n'avaient pas été les miennes.

C'était mieux que rien, cette projection dans le temps, fût-il passé, mais cela restait stérile. La véritable ouverture se fait vers l'avant. Du moins est-ce ainsi que je le ressens.

Au surplus, ce retour aux origines est dangereux :

les vieux meurent et ils emportent alors, phénomène étrange, douleur vertigineuse, votre avenir...

La mort de mon père m'a ainsi privée de ma vie à moi, plus exactement de la « suite » de ma vie. Tout ce que j'avais bâti s'enterrait avec lui ! (Il en a eu conscience : « Que va-t-elle devenir après ma mort ? » s'inquiétait-il auprès de tiers.)

Comment sortir de ce nouveau néant ?

Je me suis remise au métier, au travail de l'analyse, et, peu à peu, quelque chose m'est apparu dont m'avait parlé Françoise Dolto. Dont elle nous avait même rebattu les oreilles — mais nos oreilles doivent être repliées au départ, car ça n'y pénètre pas, du moins pas tout de suite.

Quand elle me répétait : « Lâche les choses, garde les mots », je me voyais renonçant à des habillements, des meubles, des bijoux que j'avais perdus, ce qui continuait à me peiner. A des maisons que je ne pouvais plus habiter. Je me disais : « Je m'en souviens fort bien, je n'ai qu'à les mettre en mots, par écrit ! » C'est vrai que les décrire me délivrait quelque peu ; le sentiment de perte se faisait moindre.

J'osai en faire autant pour les êtres auxquels il me fallait renoncer, qu'ils fussent morts ou m'eussent quittée. La mise en mots, je le découvrais phrase à phrase, ligne à ligne, est une formidable thérapie : elle permet de continuer à posséder sans avoir !

Et pas de danger — en prenant quelque précaution — de perdre ce qui est écrit ! D'autant que si, par chance, c'est publié, le Dépôt légal se charge de la conservation ! Voilà qui est mieux rangé que dans n'importe quel coffre ! On peut tranquillement passer à autre chose.

C'est l'un des avantages de la « mise en mots », elle vous ouvre à des libertés nouvelles. Une fois bien portraituré un amour qui nous poigne, tout le mal qu'il nous a fait ressentir minutieusement analysé — au point que les lecteurs écrivent : « Je m'y reconnais tout à fait ! C'est bien moi, c'est exactement ce qui m'est arrivé ! » —, on peut à nouveau danser la gigue. Avec un autre !

J'aimerais en parler avec des confrères, des consœurs qui ont accompli le même travail : mettre en mots un désespoir d'amour. Annie Ernaux pense-t-elle encore à l'homme de *Passion simple* ? Je ne la connais pas, mais j'ai comme une idée que non. Et Benoîte Groult se morfond-elle toujours en songeant au marin des *Vaisseaux du cœur* ? Pour ce qui est de Duras, si l'homme de *L'Amant* a existé pour elle — aurait-elle pu autrement en écrire de façon si magistrale ? —, il est à penser que c'est bien fini ! Le Chinois n'est plus que ce qu'il était : un Chinois.

Ce sont là des écrivains, pense-t-on, de ces gens qui ne vivent des histoires que pour les écrire... Mais Dolto m'a appris autre chose. Que le passage au symbolique — l'écriture, mais aussi toutes les formes d'art, d'abstraction — sauve de la folie. Que c'est la voie qu'on s'invente quand tout paraît désespéré.

Les dessins d'enfants le lui ont révélé. Ainsi, cette petite fille complètement hors du monde parce qu'elle ne sait pas si sa mère va ou non l'abandonner. Le jour où elle apprend que c'est vraiment fait, que sa mère s'est prononcée pour l'abandon devant le juge, elle dessine enfin son premier visage : « Trois points dans un cercle, dit Dolto, l'expression parfaite du visage ! J'ai compris qu'elle était sortie de son marasme, qu'elle allait pouvoir se développer... »

Pour moi, j'ai commencé très tôt à dessiner, à écrire. Dès trois ans, je m'efforçais déjà à accéder au symbolique pour ne pas sombrer.

J'ai si longtemps vécu entre un berceau et un cercueil ! Dans ma famille de femmes affectées par la mort, le berceau épousait la même forme que le cercueil. Il m'a fallu bien des recherches intérieures pour que j'aie pu l'admettre, me l'« apprendre », le mettre en mots. Des expériences, aussi.

Qui n'a pas d'enfant, qui ne peut en avoir (cela vaut aussi pour les homosexuels), cherche à en adopter, fût-ce inconsciemment. L'amour, pour moi, ne fut qu'une longue, très longue tentative d'adoption. Ou bien je voulais être adoptée par un homme qui n'en avait cure, surtout s'il avait des enfants par ailleurs, ou bien je prenais mes amants pour mes enfants.

La plupart des femmes qui tombent trop amoureuses d'un homme trop jeune sont des femmes sans enfants. (Ou des homosexuels vieillissants.) Qu'il est dur alors, presque impossible de se remettre d'une rupture !... C'est véritablement perdre un enfant, d'autant plus qu'on lui est lié génitalement par le corps, à celui-là ! On n'a pas fait que le mettre au monde, on en a joui.

Au moment où je me demandais si j'allais pouvoir continuer sur le fil devenu bien ténu de mon existence, un homme m'a dit : « Vous avez joué, vous avez perdu ! »

Jalousait-il cet amour-passion entre un homme jeune et une femme telle que moi, ou le condamnait-il ? Je n'en sais rien, c'est son affaire, mais ce qui m'a frappée, c'est que le discours de Françoise, lui, au lieu d'être ainsi « mortifère », était vivifiant : « Tu as joué ? Tant mieux, tu en as bien profité !... Maintenant, tu vas passer à autre chose, et, pour cela, en faire des mots, de ta passion, puisqu'elle ne peut plus se vivre dans le réel... »

Le temps que j'écrivais fut un bonheur. Je ne connais rien de plus merveilleux que cette ineffable minute où l'on fait passer le souvenir vécu dans les mots. Des mots libres : car ils le sont toujours, contrairement à ce qui s'est chevillé au corps, esclave qu'il est de ses jouissances.

Reste à les trouver, ses mots.

Tout le monde s'exclame face au petit enfant qui réussit ses premiers balbutiements : « C'est merveilleux, il parle ! » Mais l'enfant, lui, qu'en pense-t-il ?

C'est dans la résignation que j'ai consenti à parler, à deux ans, au prix d'un renoncement quasi conscient : je ne me perdrais plus dans l'immensité de mes sensations, j'entrais dans le monde borné de la communication.

Fini, les subtilités, l'ineffable !

« Tu as mal ? » La réponse exacte serait : « J'éprouve un sentiment insolite qui me déconcentre, me change... » Mais qui appréciera cette précision ? « Oui, j'ai mal... » répond-on pour couper court. Ou alors : « Non, je suis bien ! » Ou : « J'ai faim, j'ai soif, je t'aime. » On est loin de la finesse de notre expérience intérieure, laquelle demeure dans l'ensemble incommunicable.

« Toute parole est un don d'amour », disait Françoise Dolto. Entendez par là : même une injure.

C'est vrai : recourir au langage est renoncer au plus intime et au plus précieux de son être en faveur de l'autre.

Pour ma part, j'ai toujours ressenti le recours à la parole comme une réduction. Mais je n'en fais pas une affaire : ce que je vais exprimer sera « à côté », de l'à peu près. Le « vrai » reste intransmissible. Dès que nous mettons en mots, nous sommes dans le mentir. Mais, dans ce cas, pourquoi certains sont-ils jugés plus menteurs que d'autres ?

Ceux qui ont vécu avec des enfants savent qu'en racontant des histoires, ils disent « leur vérité ». Douloureux malentendu : on les sanctionne alors qu'ils tentaient de communiquer.

Tous les romanciers constatent que c'est en « inventant » qu'ils se rapprochent le plus de l'expérience commune. Ce qui fait dire à leurs lecteurs : « C'est si vrai, ce que vous écrivez là ! » Comme si la majorité des lecteurs était tellement pétrie d'expressions langagières toutes faites que c'est en les replaçant face à leur paysage familier qu'on arrive à leur arracher ce cri de satisfaction : « C'est tout à fait ça ! » (Le chromo en peinture.) Or, ce qui est *tout à fait ça,* ce n'est pas la réalité telle qu'elle est, mais telle qu'ils ont appris à la voir ! Cadrée par le langage commun.

Les grands poètes cherchent à s'extirper des clichés, avec pour résultat de se mettre à l'écart. Valéry, Char, Bonnefoy ne sont pas reconnus du grand public, seulement des amateurs. On ne leur dit pas, à propos de leurs œuvres, comme il m'est arrivé pour les miennes au fin fond du Poitou : « On s'y retrouve bien, y a rien à dire ! »

« *Tel un gros insecte maladroit et léger...* » C'est par cette formule qu'un commentateur de la radio décrit Neil Armstrong en train de s'aventurer sur la Lune. L'astronaute apparaît gros et rond dans sa combinaison gonflable, maladroit, les mains enfouies dans de vastes moufles et les pieds chaussés d'énormes bottes. Ce qui ne l'empêche pas, à cause de la pesanteur réduite, de voleter ci et là comme un insecte en vadrouille ! Mais si j'avais bel et bien enregistré ces images, les mots ne m'étaient pas venus. Il a fallu que quelqu'un s'y attelle et me les fournisse pour que je concède : « C'est bien ce que j'ai ressenti ! »

Ce « travail » — la mise en mots — est celui qu'effectuent pour nous les poètes, écrivains, chercheurs, philosophes, psychologues, analystes. Il n'est pas hors de portée de tout un chacun et les enfants nous émerveillent par leurs formulations inventives. Toutefois, parvenus à l'âge « de raison », la plupart cessent de traduire leur corps et leurs sensations en images poétiques et justes.

Les jeunes s'expriment par code simplifié, par monosyllabes. Même s'il leur arrive de pétrir et remanier le langage, il est rare qu'ils nous fassent prendre conscience d'un non-dit du corps et de l'être. Les utilisateurs de l'argot étaient plus inventifs. Pourquoi ce subit silence ?

C'est qu'aujourd'hui où les communautés ont éclaté, règne la peur. Celle de se détacher de la masse du seul fait qu'on s'exprime autrement — donc qu'on « ressent » d'une façon singulière.

Dans les collèges, les professeurs en viennent à utiliser le même langage que leurs élèves. « Pour se rapprocher, disent-ils, pour mieux se faire comprendre. »

En fait, pour se faire accepter !

Ce n'était pas le cas de mon arrière-grand-père, professeur de lettres avant le siècle, puis principal du collège de Saintes : il parlait comme un livre dans sa langue maternelle, quand il ne s'exprimait pas en latin ou en grec. Son désir, je présume, étant au contraire de se distinguer par son savoir de la masse moins instruite de ses élèves et collègues.

Son fils aîné — même désir de « s'élever » dans l'échelle de l'excellence ? — grimpa tous les échelons de l'Etat jusqu'au rang de ministre et sénateur. Ma tante, sa fille, me le confirme : « Quand Papa ouvrait la bouche, nous nous taisions et l'écoutions, il parlait superbement ! »

C'était l'époque où l'on invitait à dîner Briand, Daudet, Valéry, Clemenceau, tous admirables causeurs. Qui « cause bien » aujourd'hui, à l'heure du franglais et du téléprompteur ? Surtout ne pas décoller !

Dans sa terreur de la solitude, l'humanité préfère avancer en bloc uniforme plutôt que se livrer au génie de la création autonome et continue.

C'est pourtant ce qui m'amuse. Est-ce l'exemple de ma mère qui ne cessait de répéter à chacune de ses collections : « Il faut faire autre chose » ? Ou l'héritage de mon arrière-grand-père, de mon grand-père, de mon père, lequel perpétua la tradition du « bien-dire » en toute circonstance ?

A n'importe quelle occasion, familiale ou publique, mon père faisait un discours, bref ou long, qu'il rédigeait au préalable avec soin. C'était plus qu'une habitude, une politesse et, j'en suis certaine, une jouissance : il prenait plaisir à exercer son « être de langage ». Grièvement blessé à vingt ans à Verdun, il avait confié aux mots — récitations, prières — le soin de le sortir de ce tragique mauvais pas.

Des décennies plus tard, sur son lit de mort, il nous fit ses ultimes recommandations concernant sa fin, son enterrement, dans une langue parfaite, en érudit respectueux de la grammaire et des phrases bien construites. (Mon père n'était pas du genre à assener : « Je suis foutu ! »; il préféra nous avertir par une formule mi-ironique, mi-poétique : « Je vais bientôt manquer d'air. »)

Est-ce à cause de ces êtres-là ? J'aime chercher le sens de ce que je vis, trouver les mots qui rendent au mieux les infimes remuements de mon corps et de mon être, débusquer des sensations que je n'avais pas encore identifiées, pour les nommer.

« Regarde un arbre, disait un maître de la peinture à son disciple, jusqu'à ce que tu le voies comme personne avant toi ne l'a jamais vu. Ensuite, tu peux t'aventurer à le peindre ! »

Percevoir le monde de façon singulière : tel est le souci majeur de ceux qu'on désigne, parfois péjorativement, comme les « artistes ».

Les autres ont horreur d'être seuls à voir, seuls à ressentir, isolés dans leur manière de penser...

Ce qu'imposent les régimes totalitaires en supprimant ou parquant les marginaux, les poètes, les artistes, afin de comprimer le peuple dans un agglomérat de robots marchant en cadence et parlant à l'unisson. Chacun répétant les mots du dictateur — celui qui « dicte » — jusqu'à ce que mort vivante s'ensuive.

Françoise, dont la recherche était avant tout clinique, inventait les mots qui lui apparaissaient nécessaires pour exprimer des mouvements de l'être qui n'avaient pas été détectés auparavant. Du moins dans notre culture.

D'où ce que l'on a appelé son « charabia », ses « néologismes » coupables. En fait, la création des termes qui lui manquaient pour traduire ce qu'elle percevait chez les humains et qui n'avait pas encore été rapporté.

Ses tournures de phrases étaient critiquées : des enchaînements, des rythmes insolites que stigmatisaient les correcteurs d'édition chargés de vérifier ses textes. Ce qui la peinait.

« Je ne cherche pas à faire joli, se défendait-elle, ni à me conformer aux règles grammaticales, mais à traduire au plus près ce que je ressens face à un patient, le rythme du vivant... »

Sa façon d'écrire aurait enchanté des esprits libres comme Bergson, Merleau-Ponty, Bachelard.

N'est-ce pas ce qu'on appelle *créer* un style ?

Comme elle ne le faisait pas dans cette intention, elle n'ébarbait pas sa phrase des inévitables copeaux résultant du travail de la matière brute.

Elle laissait aller, non par paresse, mais parce qu'elle n'était pas sûre de ce qui était important dans ce qu'elle avait recueilli à fleur d'être. Parfois, c'est ce qui apparaît comme une broutille qui va donner la clé d'une névrose.

Freud nous l'a révélé : l'être profond se manifeste ou se trahit par ses ratés, ses lapsus, ses inconséquences...

Il faut lire ou relire le *Séminaire* n° 4 de Lacan où il commente en maître la célèbre analyse conduite par Sigmund Freud sur le petit Hans. C'est donc ainsi que procède l'esprit humain, même celui d'un enfant de cinq ans ? Par grilles, rébus, métaphores, métonymies, allusions, litotes, messages cryptés... ?

S'y risquer à la suite de Freud, relayé par Lacan, n'éclaire qu'à peine les ténèbres de notre fonctionnement intérieur. Tout reste à découvrir. Abstenons-nous donc de décréter : « Quel non-sens ! » C'est dans les épais mystères de l'inconscient au travail pour devenir du conscient que réside l'espoir de chacun. Car si le monde se réduisait à la pellicule de raison que veut seule reconnaître l'esprit cartésien, comme tout serait pauvre et désespéré !

Dans le petit village où nous passons l'été, les Parisiens et autres citadins sont nombreux. Est-ce d'habiter la grand-ville qui leur rend le bonjour si difficile ? Au détour du plus petit chemin, fût-ce une venelle fleurie de passeroses, il arrive qu'ils vous croisent sans un sourire, l'air plus fermé qu'une porte de prison.

J'ai pris l'habitude de saluer la première, sans rien espérer en retour. Parfois, cela déclenche la réciproque, parfois non : on m'a coudoyée, mais on ne m'a ni vue ni entendue.

Je m'interroge sur ce manque de cordialité, plus accentué encore chez les femmes. Croient-elles ainsi se donner de l'importance, compenser celle qui leur manque à leurs propres yeux ?

En fait, elles ont peur, jusque dans la paisible ambiance de notre île en vacances, peur du contact avec autrui. L'autrui inconnu.

Longtemps, j'ai été comme elles. Je me revois, jeune femme, me faufilant à toute allure entre les passants, craignant plus que tout qu'on m'adressât la parole. Fût-ce pour me demander un renseignement sur mon quartier. Si l'on parvenait quand même à m'aborder, mon anxiété faisait que j'en perdais le sens : je ne savais même plus où se trouvait ma rue !

Quand je tente de reconstituer mon état d'esprit d'alors, je m'aperçois que j'avais peur d'être jugée — sous-entendu : mal jugée — par des gens qui ne me connaissaient pas : je ne répondrais pas comme il faut, je ne parviendrais pas à faire bonne impression par ma seule apparence. Je ressentais à juste raison qu'être bien habillée, coûteusement même, ne donne pas une juste idée de qui l'on est. (« Si tu t'habilles aussi bien, ce n'est pas pour te faire remarquer, c'est au contraire pour être anonyme », me fit judicieusement observer Françoise.)

La seule façon de manifester qui l'on est vraiment, c'est la parole.

Qui de nous n'a l'expérience de ces personnes qui ne paient pas de mine, transfigurées dès qu'elles causent ?

A la campagne, des gens d'aspect rugueux s'expriment avec une courtoisie et un raffinement qui en font des princes. Qu'aussitôt l'on traite comme tels.

En revanche, de belles dames et de beaux messieurs, parfois archidécorés, se laissent aller à de plates vulgarités à la moindre anicroche, et en perdent tout prestige à nos yeux.

Françoise était quelqu'un qui régnait par sa parole. Son apparence donnait à penser qu'elle était une brave dame, de celles que les jeunes, dans la rue, qualifient de « mémés ». Dès qu'elle ouvrait la bouche, on était sous le charme. Plus que cela : sous sa domination, en son pouvoir.

Comme je l'ai été en l'entendant pour la première fois à la radio sans la connaître.

Tout ceux qui ont assisté à ses conférences ou à l'extraordinaire émission télévisée que lui consacra Bernard Pivot vous diront la même chose : Françoise Dolto parlait vrai, au plus près d'elle-même et de son « ressenti ».

Elle choquait ? Parfois. Mais, la plupart du temps, sa sincérité avait pour résultat de vous rassurer sur vous-même. Il y a des gens, parce qu'ils sont authentiques, qui vous réconfortent jusqu'au tréfonds dès qu'ils ouvrent la bouche, fût-ce seulement pour dire bonjour.

Nous sommes si mal dans notre peau, si anxieux sur cette planète en délire, que les êtres qui possèdent ce don d'apaiser par un seul mot — « Dites seulement une parole et mon âme sera guérie » — sont les vrais souverains de l'espèce.

Rassurer n'est pas prendre en charge ou protéger, mais rendre confiance en soi-même. « Du fait que tu es né, tu possèdes en toi la force de surmonter tous les obstacles. »

Je me promène à pied avec un ami, quand un petit garçon à bicyclette nous rattrape et s'adresse à mon compagnon : « Monsieur, je me suis fait mal ! Je saigne... »

Sans descendre de vélo, l'enfant tend sa jambe pour nous montrer sa cheville où, d'une mince écorchure, dégouline un filet rouge qui pénètre dans sa chaussure. Sous son calme apparent, il est affolé à la vue de son propre sang.

Je me penche sur son bobo et prends la parole : « Ce n'est rien, regarde ta coupure, elle est minuscule, et c'est bon que ton sang coule, cela entraîne les microbes. Où est ta maman ?

— A la maison, mais j'allais rendre quelque chose à un ami...

— Eh bien, tu rentres d'abord chez toi, ta maman va te mettre un petit pansement, dans cinq minutes tout sera fini et tu iras alors chez ton ami ! »

Le petit garçon examine sa jambe, me regarde, puis, sans un mot, fait demi-tour.

C'est aussi cela que m'a appris Françoise : inculquer à chacun, fût-il très jeune, qu'il est tout à fait à même de s'occuper de lui. Par ailleurs, qu'il ne faut jamais tenter de prendre la place des parents : la mère et le père sont les seuls vrais protecteurs de l'enfant (s'ils ne sont pas déchus de leurs droits, cas plutôt rare).

Une question reste pendante : pourquoi l'enfant s'est-il adressé à l'homme plutôt qu'à moi ? Sa mère est-elle insuffisante, ou trop angoissée, donc anxiogène comme l'était la mienne ?

Si c'est le cas, par la façon dont je lui ai parlé, je lui ai manifesté que toutes les femmes ne sont pas terrifiées et terrifiantes (bien qu'il puisse m'arriver de l'être, car moi aussi j'ai peur du sang !). Peut-être s'en souviendra-t-il pour l'avenir.

De son côté, le petit garçon, en nous demandant du secours sans nous connaître, nous a confirmé ce que dit Bruno Bettelheim dans sa *Psychanalyse des contes de fées*. Chaque conte, mis au point par des siècles de tradition orale, recèle un enseignement capital : « Même enfant, tu es tout à fait capable de te débrouiller seul, mais si tu n'y parviens pas, en cas de grand danger, regarde autour de toi : une fée ou un bon génie se présenteront sur ton chemin et t'aideront à te tirer d'affaire. Le tout est de ne pas refuser leur aide. »

Combien d'entre nous n'ont pas su saisir ou voir la main secourable ? Ou ont pris le démon pour un bon génie et l'ont suivi jusqu'en enfer ?

« Je n'ai fait qu'obéir aux ordres... » La phrase la plus abominable de ce siècle, celle de tous les bourreaux.

Faut-il s'enclaver pour se protéger contre tous les dangers ?

« J'aimerais, dis-je au jardinier, que vous me plantiez une haie de ce côté-là, puis que vous laissiez pousser les arbustes de l'autre afin que nul n'ait vue sur mon enclos ! »

L'homme éclate de rire.

« Chaque fois que je vais chez un client pour m'occuper de son jardin, la première chose qu'il me demande, c'est de le protéger du regard d'autrui ! Tous le font sans exception ! On ne s'occupe de l'aménagement intérieur qu'ensuite. Mais d'abord s'isoler, se calfeutrer ! Réflexe bien français ! »

Sa remarque, issue de l'observation à laquelle le conduit son métier, commence par me surprendre. Les Français sont-ils plus méfiants que les autres ? Il est vrai qu'évoquer le montant de nos impôts ou de nos revenus nous révulse. Que de cachotteries aussi sur la santé — ce n'est que tout récemment qu'on admet de parler ouvertement de cancer, et non plus seulement de « longue et douloureuse maladie ». Ma mère niait que j'aie eu la tuberculose, ce qui m'horripilait : ma famille paternelle avait été décimée par le fléau, j'en avais réchappé, autant le savoir et en parler !... Quant au sida, par une dissimulation qui a tant retardé la prise de conscience de son étendue et l'urgence de sa prévention, on a longtemps caché ses atteintes. Le mal dont sont morts des animateurs, un philosophe, ne nous est révélé qu'après coup, alors qu'aux Etats-Unis, quand un personnage public va y succomber, il est courant qu'il avise ses concitoyens de ce qui le frappe et de ce qu'ils risquent eux-mêmes.

En France, nous vivons et mourons à l'abri de nos murailles.

Quant aux affaires de vie privée, aux « secrets de famille », il arrive que les enfants ne soient même pas au courant de ceux de leurs parents. Avec toutes les « surprises » plus ou moins nocives que peuvent engendrer les révélations tardives...

J'avais passé la quarantaine quand j'appris la vérité sur le mariage de mes parents, lequel n'avait eu lieu que trois mois avant ma naissance. L'un et l'autre m'avaient tu, comme quelque chose qui aurait pu me blesser, le fait que j'avais été conçue hors mariage !

Je m'en suis au contraire réjouie : j'étais une enfant de l'amour, présente à leur mariage auquel j'avais en quelque sorte « mis la main »...

Chez les miens — comme chez tout le monde —, il existe d'autres secrets dont je ne ferai point état, dans la mesure où ils ne me concernent pas directement. Toutefois, il me semble qu'on se porterait mieux, en particulier parmi les nouvelles générations, si tout cela était « aéré ». La lumière détruit les miasmes, empêche les putréfactions qui empoisonnent l'atmosphère des familles.

Pour moi, j'ai eu très jeune le goût du « dire ». En formulant ce qui me faisait souffrir ou m'intriguait, j'avais le sentiment de m'en délivrer. De pouvoir aussi « passer à autre chose », l'esprit à nouveau léger. « Péché avoué, à moitié pardonné... »

Sans compter que ces morceaux de réalité brute, scandaleux ou non, insolites ou émouvants, deviennent, une fois mis au jour, un précieux matériau pour la réflexion. Rien n'avancerait dans l'univers des hommes si l'on n'avait connaissance d'expériences vécues dont les générations se donnent pour tâche de chercher le sens, afin d'évoluer. Ce qu'on ne saurait faire à partir de faussetés.

Certaines biographies consacrées à des personnages que j'ai personnellement connus me désolent : l'auteur s'escrime à déguiser ou à camoufler la réalité derrière une image — sainte ou d'Epinal — qui lui est propre. Son modèle ne s'y reconnaîtrait pas lui-même. Pour son compte, il préférerait sans doute apparaître moins édifiant, mais plus humain.

Reste qu'une partie de l'humanité préfère dissimuler et travestir ce qui lui arrive. Effaçant des traces, supprimant des preuves, brûlant correspondances et documents. Nous privant de trésors qui nous feraient progresser dans la connaissance de notre cœur. Et sa guérison.

Dans ces conditions, on imagine les formidables obstacles qu'a dû rencontrer la psychanalyse !

Est-ce un hasard si ce mode de dévoilement de la vérité a pris naissance en Autriche, chez un neurologue juif qui en avait assez de ne pas comprendre pourquoi ses malades ne guérissaient pas ? La démarche est si contraire à l'esprit français !

Chez nous, on préfère fourrer à l'asile — cela s'est fait autrefois dans ma famille —, couper du monde le membre « malade », plutôt qu'exposer publiquement son dérangement. Car tout ce qui n'est pas normal, tout ce qui est différent « dérange ».

C'est récemment que les enfants handicapés vivent au vu et au su de tous. Longtemps, on les a tenus au secret. On délivre encore, dans des milieux arriérés, de pauvres êtres séquestrés depuis des décennies parce qu'ils avaient l'esprit faible et que la famille, pas très « forte » non plus, en a eu honte...

La psychanalyse nomme « forclusion » ce rejet

qu'est « l'abolition symbolique ». Quelque chose de la réalité est dévié, tombe hors du conscient comme de l'insconscient, mais continuera d'agir.

Il est arrivé qu'on me demande, au cours d'une enquête ou d'une autre : « Qu'est-ce qui vous indigne le plus dans cette société ? »

C'est le refus buté de voir et d'admettre.

Je l'ai connu de près, et je puis assurer que face à un être qui nie l'évidence, ne veut rien savoir des faits, refuse de reconnaître ses véritables sentiments, il n'y a rien à faire.

L'obstination dans la mauvaise foi ressemble à un crime — contre soi-même, contre l'amour.

Mais telle est la limite de la psychanalyse : elle ne peut agir si on la refuse ! Si l'on n'accepte pas d'entrer en « cure » — terme employé également pour désigner la désintoxication en matière de drogues, médicaments ou alcools. La vérité ne vient pas vers vous, il faut aller à elle. La quémander, la construire.

Mais à quoi voit-on que ça marche, une analyse ?

L'une de mes activités, quand je séjourne en Limousin, consiste à refaire les anciens chemins qui disparaissent depuis l'abandon des travaux des champs. Sécateur, cisaille, débroussailleuse, assistance d'un voisin, c'est mètre par mètre, à travers prés et bois, qu'on regagne sur les ronces, les genêts, les herbes hautes, les jeunes plants.

Pour conserver le passage récupéré, il faut par la suite le fouler le plus souvent possible, été comme hiver.

Ceci pour tenter de faire comprendre l'impossible : comment agit une analyse. En quoi l'on est changé, non dans son être, lequel reste le même, mais dans sa capacité d'accéder, dès que besoin est, à sa vérité propre. Du fait que les voies vers ce qu'il y a de plus authentique en soi ont été longuement frayées, mot après mot, par le lent travail du défrichement analytique.

Un exemple : il est couché nu contre moi, sa tête repose sur ma poitrine, soudain il lève les yeux pour me dévisager.

— Au fond, vous n'aimez que les voyous !

Sidération, retour immédiat sur moi-même et mon histoire : mais ce garçon a raison ! Cela va faire des années que je me laisse « avoir », non sans volupté, par des hommes de préférence jeunes, et sans foi ni loi ! D'un côté ils m'amusent, ces faux aventuriers, de l'autre ils me donnent envie de les « sauver ». C'est ma fibre maternelle, frustrée de n'avoir pu vibrer pour de vrais enfants, qui donne à plein.

Dans l'instant, c'est fini ! Je renvoie le garçon — qui n'y comprend goutte, pour une fois qu'il était sincère... — et mets un terme définitif à mes rapports trop intimes avec la voyoucratie !

Ainsi fonctionne la psychanalyse. Les « changements » dont nous sommes le siège sont difficiles à repérer autant qu'à dater.

Mais face à une situation où nous avions l'habitude de nous « faire avoir », dans la culpabilité et le mal-être, soudain nous nous révélons maîtres de nos actes. Ce qui était depuis toujours notre plus fervent désir : « Ah si j'avais pu ! » « Ah si j'avais su ! »

Cette fois nous savons et nous pouvons, les chemins de notre liberté d'agir sont enfin frayés. Et le restent.

Cette grande théoricienne avait besoin de rapporter ses intuitions au domaine de la science analytique. Quelle ne fut pas ma surprise de l'entendre me dire un jour : « Tu sais, j'ai bien réfléchi. Chaque fois qu'il y a castration acceptée, il s'ensuit un progrès pour l'être, un bien, un *plus*. Or, peut-il y avoir une plus grande castration que la mort ? C'est pour cela que je pense — enfin, que j'espère — que le progrès qui nous attend dans l'au-delà sera à sa mesure... »

Cette vue des choses a l'avantage de prendre en compte, pour ne pas dire de justifier l'angoisse — terrible, inéluctable — que nous ressentons tous face à la mort, qu'il s'agisse de la sienne ou de celle d'autrui.

Dans tous les cas de castration — on peut dire aussi d'initiation, de perte —, elle ne nous est pas épargnée. D'où la sueur d'angoisse du Christ au jardin des Oliviers : il sait qu'il va perdre la vie, et bien que ce soit pour acquérir un bien plus grand, l'éternité, il souffre abominablement, et il a peur. Puis il accepte.

Nous aussi devons passer outre à nos angoisses pour recueillir le bien qui doit résulter d'un renoncement, le « fruit » de l'épreuve. (La naissance en est une.)

Toutefois, il faut des mots pour nous y aider, des guides pour nous amener à accepter ce qui est en nous mais que la raison nous pousse à rejeter comme une fantaisie de notre imagination : la spiritualité.

Accepter la spiritualité, c'est accepter pleinement la mort. Ceux qui prétendent s'en tenir à la seule raison ne se rendent pas compte qu'en fait, ils la refusent. Car la mort telle que l'envisagent les matérialistes, sous la forme de vers, de pourriture, c'est *encore de la vie,* fût-elle dégradée. De sorte que, pour eux, il n'y a pas vraiment de mort. Ils l'esquivent.

Sont-ils vraiment rassurés pour autant ?

Sûrement pas les hommes et les femmes illustres que nous voulons considérer comme des modèles.

Pour mieux édifier les foules, les historiens tentent de gommer les liens de plus en plus évidents, l'âge venant, que peut resserrer quelque vieille gloire avec tel ou tel membre de son entourage. Cela va du retour à l'épouse pourtant copieusement trompée, jusqu'à l'adoption d'une personne de service, bonne, cuisinière, gouvernante, qu'on finit parfois par épouser, tel Rousseau sa Thérèse Levasseur. La Céleste de Proust, le jeune homme des dernières années de Yourcenar leur étaient devenus plus que nécessaires : vitaux... Mon père, c'était sa vieille amie, plus moi.

Mais nos vivants, célèbres ou non, en font tout autant : ils ont leur « indispensable ». Et si l'on peut objecter que cela tient aux infirmités de l'âge, le besoin d'un autre, de son corps présent est en réalité plus profond. L'autre représente la vie vivante. Tant qu'il vit près de nous, nous ne saurions mourir. Qu'il disparaisse et l'angoisse de mort nous transit aussitôt, nous inondant de ses « sueurs froides », fût-ce au cœur de la canicule !

Ce jour lointain où, à Rio de Janeiro, par 40° à l'ombre, j'ai cru perdre mon mari, atteint de fièvre typhoïde, je me suis couchée sous d'épaisses couvertures contre lui qui grelottait avec ses 41° de température, et j'avais froid.

L'irruption de la mort dans la vie : la pire des douleurs que peut ressentir un être vivant.

Il arrive qu'à cette angoisse il préfère sa propre mort.

Quand je m'entendais parler avec elle, j'avais le sentiment de ne pas « tout » dire, non pour dissimuler, mais parce que je n'y parvenais pas, même au prix de grands efforts.

C'est pour cela que j'avais envie de me jeter dans ses bras comme j'avais appris à le faire dans l'amour physique. Pour me « rapprocher » jusqu'à l'incorporation. Retrouver le corps de ma mère.

« Non, me lançait-elle d'un air sévère. Reste à ta place. On n'a pas besoin de se toucher pour être proche. Dis ce que tu as à dire... »

(Ce qui explique pourquoi elle n'embrassait jamais les enfants qu'elle avait en traitement, sauf s'ils y tenaient absolument. Elle le leur faisait alors remarquer : « Tu as envie de m'embrasser, bon, maintenant c'est fait ! » Afin qu'ils comprennent qu'ils n'y étaient pas obligés !)

Qui parlait face à elle, moi ou le mécanisme du langage en moi ?

Quand je nage dans la mer, qui nage ? Moi ou le mécanisme de la nage monté en moi ?

Le langage est un code. Les abeilles ont le leur, les mammifères aussi. Les ordinateurs sont en train de capter le code du langage humain.

On nous dit : ils n'y parviendront jamais tout à fait, il y a un « plus » qui est l'élément humain. Mais qu'est-ce que ce « plus » qu'ignorent les machines ? Le fait qu'on est gai quand on devrait être triste, ou bien l'inverse ? Qu'on aime qui l'on ne devrait pas ? Qu'en revanche, on n'aime pas qui nous aime et qui est aimable ?...

Le « plus » de l'humain ne serait-il pas le désir ? Ses aberrations ? L'inavouable ?

Chacun de nous, dans le secret de son cœur, désire l'inavouable. Non, je n'ai pas tout dit à Françoise, loin de là...

« La vérité, ça n'est pas toujours facile à dire, ça n'est pas facile à entendre, mais cela vaut la peine », me dit Madeleine Vionnet alors qu'à plus de quatre-vingt-dix ans elle me racontait sa vie.

Comme elle avait raison ! Et quel aveu : longtemps, la reine du luxe ne pouvait guère se permettre celui de la dire, la vérité ! Du moins, pas entièrement. Pas plus que les femmes qu'elle habillait, les plus belles, les plus riches du monde, toujours soumises aux hommes et en leur pouvoir.

Moi non plus, je ne l'ai pas dite, du moins au début de ma vie. Je me revois mentant mal aux hommes avec qui j'étais — mari, amants — pour les convaincre que je ne les trompais pas, n'étais pas amoureuse d'un autre... M'auraient-ils tuée, battue, abandonnée si j'avais dit vrai ? En fait, ce que je redoutais et qui me rendait la vérité difficile était pire : perdre la face.

C'est pour ne pas la perdre que les enfants mentent, plus que pour éviter la punition. De même ces peuples du Sud ou de l'Orient, élites et gouvernements compris, dont nous pensons qu'ils ne savent que mentir !

Quand ce sont les autres qui détiennent « la loi », qui la font, alors même que cette loi nous paraît injuste et mal adaptée, opposée à nos désirs et à notre vérité personnelle, nous ne pouvons que nous y plier tout en rusant avec elle.

« Est-ce que je mens, moi ? » dit le père à ses enfants du haut de sa taille, de son expérience et de sa force.

Longtemps, j'ai menti aux « grands ». Enfant d'abord, puis jeune fille, jeune femme — pour dissimuler mes désirs, parfois mes actes, à des êtres que je me représentais à tort ou à raison comme plus forts que moi.

Il m'a fallu des années d'analyse, conquérir une certaine indépendance — on ne l'obtient jamais en totalité — pour oser dire publiquement ou dans le privé ma vérité.

Reste que j'éprouve chaque fois un petit pincement au cœur : que va-t-il m'arriver en retour ? Ne vais-je pas être punie d'avoir dit vrai ? Est-ce que ce n'est pas choquant, scandaleux, de la part d'une femme, de parler aussi sincèrement de soi, de la douleur des femmes, de leur façon de vivre l'amour, de leurs désirs ?

J'attends la gifle, le bras replié contre mon visage pour me protéger. Pour l'heure, ce sont plutôt des félicitations que je reçois : de la part des femmes. « Merci d'avoir dit ce que je pense ! » Mais pourquoi ne le disent-elles pas elles-mêmes ?

Parce qu'elles aussi ont peur des conséquences de la vérité, dont la première est l'abandon. Le risque de se retrouver seule face à soi-même et à sa vérité qui paraît alors bien dérisoire... Un mensonge collectif tient chaud — les peuples le savent, qui se soumettent assez volontiers à un régime de censure ou de faux-semblants —, une vérité solitaire, beaucoup moins !

En analyse, il ne s'agit en fait que de cela : dire la vérité. Dans une situation de protection où rien n'est censé vous arriver (sauf de l'entendre, sa vérité, ce qui commence par faire peur aux analysants...). Ce qui se dit dans le cabinet de l'analyste va demeurer secret, tout autant, si ce n'est plus, que dans un confessionnal. Et il n'y aura pas de sanctions. Pas même un *Ave Maria* ou un *Notre Père* à réciter. Rien qu'une approbation plus ou moins muette de la part de l'analyste qui sous-entend : Bravo, on avance, on progresse !

Malgré cela, la vérité ne vient pas. Du moins, pas tout de suite. L'analysant ne la connaît pas ou alors la nie de toutes ses forces : elle est tellement contraire à ses habitudes de pensée, à la morale en vigueur ! Il n'est pas possible, se dit-il, que je déteste à ce point les miens, haïsse et jalouse mes frères et sœurs, mon mari, même mes enfants, lesquels entravent ma liberté. Non, je ne saurais être ce monstre. Je me l'interdis !

Et de mentir ! De se mentir... Alors qu'on est venu là précisément pour connaître la vérité.

Françoise, elle, avait le génie de vous rendre votre vérité acceptable.

Je me souviens du jour où elle m'a dit : « Tu n'avais pas besoin de cette sœur-là ! » Avec cette phrase, toute ma rancune accumulée depuis la naissance de ma cadette s'est trouvée mise au jour ! Mais sans violence, sans haine. C'était un « fait ». Dédramatisé : ma petite sœur m'avait « embêtée » toute ma vie et continuait ? Bien, c'était dit, reconnu. Maintenant, je pouvais l'aimer pour de bon.

D'autres rancunes furent ainsi « vidées » une à une de leur venin de culpabilité.

Françoise — tout analyste de valeur en fait autant — ne me disait pas : « Tu as raison d'en avoir marre de tel ou tel », mais : « Cela te fatigue de t'en occuper », ou : « Après tout, tu n'y es pas obligée ! Pense à toi ! »

Une fois mon exaspération reconnue et légitimée, c'était par choix, et non plus par devoir, que je continuais à soigner, rendre visite, entourer. Je ne m'y sentais pas contrainte, et quand j'avais des mouvements d'humeur, j'osais les exprimer.

Désormais, le pli est pris : je m'avoue facilement mes « mauvais sentiments » vis-à-vis des uns ou des autres, ceux qu'engendrent immanquablement les frottements avec autrui, surtout avec nos proches les plus aimés.

« Je déteste grand-mère », disent parfois les tout-petits. Aussitôt, c'est la dégelée : « Ta grand-mère si bonne, qui t'aime tant, comment peux-tu dire ça, tu es un monstre ! »

On imagine les ravages : pas le droit d'être soi !

Comment s'y retrouver ?

« *Le corps est la maison du cœur* », écrit Dolto.

« *Les hommes sont la résidence de l'idée* », note de son côté Péguy.

Ce type de formulations traduit une exceptionnelle prise de distance vis-à-vis de l'humaine condition.

Il est déjà surprenant qu'on puisse considérer le cosmos et la formation de l'univers, planète Terre comprise, comme un phénomène dont l'homme peut être l'observateur[1]. Mais quand ce pouvoir

1. L'astrophysicien Hubert Reeves déclare : « Tout se passe depuis le début comme si la nature cherchait à se constituer un observateur : l'homme et son cerveau. »

d'abstraction s'applique à la personne, force est d'en déduire que nous sommes aussi des étrangers à nous-mêmes. Capables de nous extraire de notre corps et de notre esprit par la seule force de notre volonté.

C'est en tout cas ce à quoi entraîne l'analyse, séance après séance : à se retirer de ce qu'on éprouve pour tenter — comme de l'extérieur — d'en saisir le sens. Ou d'en introduire un.

L'important est qu'il y en ait ! C'est ce que Françoise Dolto m'enseigna, qui me surprit, puis que je finis par admettre et pratiquer : à mettre du sens.

Les scientifiques émettent des hypothèses qu'ils rejetteront si elles ne se vérifient pas. L'analysant propose, lui aussi, des hypothèses, des « fictions » sur ce qui a pu se passer ou qui se passe dans sa vie. C'est aux conséquences, bonnes ou mauvaises, qu'il jugera de la valeur de son travail.

Vrai, pas vrai, juste, faux, ne signifient pas grand-chose dans la vie psychique : il y a ce qui apporte plus de vie, moins de souffrance, et ce qui engendre la nécrose.

Je reviens sur le mot *cœur* dont elle se servait beaucoup. Nous avons tendance à l'utiliser avec condescendance. La « presse du cœur » n'a pas trop bonne presse. Dire de quelqu'un qu'il a du cœur, c'est presque dire qu'il n'a que ça !

Et quand j'entendais Dolto et ses émules demander à des enfants en difficulté : « Qu'est-ce que tu en penses dans ton cœur ? », ou « Ton cœur te dit quoi ? », j'avais le sentiment que, pour une fois, ces grands thérapeutes bêtifiaient dans le dessein de se mettre à la portée de leurs petits patients.

A mon grand étonnement, ce recours au mot « cœur » se révèle miraculeux : les enfants comprennent d'emblée qu'il s'agit de leur vérité. De la conscience innée qui permet à chacun de distinguer ce qui est bien et ce qui est mal.

Bien ou mal par rapport à quoi ? Lorsque je lui ai posé la question, Dolto m'a répondu : « Bon ou pas pour la vie. »

Le chiot, le petit chaton à peine nés savent déjà de quel côté sont les tétines, comment ne pas se faire écraser par leur mère, quelle quantité de liquide absorber, quand dormir.

Le bébé humain, quoique moins développé sur le plan neurologique, le sait également. Mais, très vite, il acquiert une dimension supplémentaire, celle du « cœur ».

De l'existence de l'autre et de l'importance de sa relation avec lui. La nécessité vitale du rapport aux autres.

A chacun sa manière de le cultiver : mon père, si la personne lui plaisait, se renseignait sur ses origines, sa famille, ses études, son habitat. Il tenait des fiches, que j'ai retrouvées, les complétant au fur et à mesure des succès ou vicissitudes de la vie de chacun. Comme il a vécu très âgé, une notice nécrologique découpée dans *Le Figaro* est jointe à la plupart.

La mort de l'un ou l'autre de ses amis le rendait furieux : quand je l'entendais grommeler en lisant son journal, c'est qu'il venait d'apprendre une mort. Ses amis, c'était son bien, et il n'aimait pas le voir entamer !

Il savait faire sentir son amitié par une attention continuelle, participant aux joies comme aux chagrins, écrivant, téléphonant. J'ai encore dans les oreilles son « Allô, allô... !» dès qu'il savait quelqu'un en difficulté ou en chagrin. Etiez-vous patraque que mon père, tant qu'il a pu marcher, se précipitait à votre chevet !

Il savait aussi — chose rare — parler toujours en bien de ses amis. Déçu quand l'un ou l'autre cessait de se manifester. « Que sont devenus les Untel, pourquoi ne donnent-ils pas signe de vie ? » me répétait-il à propos de gens qui, vieillis ou trop occupés, l'avaient en quelque sorte « lâché ».

Lui n'abandonnait personne en cours de route. Il continuait de correspondre avec son ordonnance de la guerre de 40 et il avait même gardé des liens avec un ancien combattant blessé comme lui à Verdun. Quant aux « nouveaux », arrière-petits-enfants ou petits-neveux, il connaissait sur le bout des doigts leurs dates de naissance, cursus d'études, différences de caractère, etc.

J'insiste sur le comportement de mon père, mais il est bien d'autres manières de cultiver son rapport avec autrui. Ainsi celle de Dolto, qu'elle m'a en quelque sorte inculquée.

Pour Françoise, rencontrer quelqu'un, c'était échanger quelque chose qui modifiait les deux parties. Ne serait-ce qu'en prenant conscience de la différence entre soi et l'autre, chacun étant unique, on se retrouve altéré par la moindre rencontre.

Ce que mon père n'était pas : s'il enrichissait ses fiches d'un nom de plus, lui demeurait le même. Si bien défendu contre l'agression extérieure qu'il éliminait aussitôt, d'un geste réflexe, ceux qui ne lui convenaient pas ou qui auraient pu lui nuire. Sans en conserver ni trace ni souvenir.

Or, fût-elle mauvaise, toute rencontre constitue une expérience. Mais, si l'on veut en bénéficier, il faut être en mesure d'assimiler ce qu'elle nous apporte. Des êtres qui m'ont blessée, trahie, déçue, m'ont aussi fait avancer. Parfois vite. Reste que, s'il n'y avait pas eu, au départ de ma vie et plus tard, des gens pour me donner confiance et me rendre forte, je n'aurais pas été capable de tirer profit des « coups ». Sans parler d'y survivre...

Ayant appartenu aux ambassades, mon père était très sociable. Mais Françoise voyait infiniment plus de monde et ne pouvait entretenir des liens avec tous.

Il faut dire aussi qu'elle avait des contacts plus approfondis que ceux de mon père. Ce qui lui permettait d'aller au bout de ce qu'elle concevait de faire avec chacun.

C'est elle qui m'a enseigné qu'une rencontre n'a nul besoin de se poursuivre à partir du moment où l'on a échangé ce qu'on avait à se dire. Quel soulagement ! Voyant moi aussi de plus en plus de gens, je me sens souvent coupable de ne pas répondre au désir exprimé par autrui de renouveler un contact qui s'est révélé fécond ou plaisant. Mais que ferait-on de plus ensemble ? On s'est connus, on s'est reconnus, comme le chante Jeanne Moreau — et chacun peut et doit repartir « dans le tourbillon de la vie ».

Ceux qui insistent malgré tout pour vous revoir sont des gens qui ne savent pas « cueillir le fruit ».

Il est honnête de le leur faire entendre : « Si le hasard et le destin veulent que nous soyons remis en présence, on verra s'il y a du nouveau. Pour l'instant, il ne pourrait s'agir que de réchauffé ! »

Un domaine pire que celui du sentiment, c'est la vérité du sexe. Depuis la « libération sexuelle », il semble que tout un chacun s'exprime librement sur ses désirs les plus fous ou les plus pervers... Or il n'en est rien, car il faudrait pour cela qu'on les connaisse. Nos désirs sont si bien régis par des événements refoulés de notre toute petite enfance que la vérité, le plus souvent, nous est cachée. Donc impossible à dire...

L'inceste, le désir d'inceste, tel est notre premier désir, dit Françoise Dolto, celui qui continue d'orienter nos choix amoureux. (D'où, dit-elle, le racisme : désirer quelqu'un d'une autre race, c'est être sûr d'échapper à l'inceste, mais en avons-nous *vraiment* envie ?)

Désirer mon analyste, homme ou femme, me l'avouer, le reconnaître, m'a paru sur l'instant le comble de la « vérité » ! J'étais devenue quelqu'un qui circulait à l'aise parmi ses affects et ses sentiments même les plus provocants. Sans me rendre compte, pauvre oiseau aveuglé, que j'évoluais dans l'espace bien circonscrit du transfert, à la recherche de la « fusion » primordiale avec ma mère !

Nous avons tous désiré notre mère, souhaité demeurer dans son giron ou y retourner, avant même de savoir que l'amour et le désir existent, que l'inceste enraye le développement et mutile, qu'il s'agit donc d'y renoncer.

Mais, une fois ces affects confus « analysés », à tout le moins exprimés, où en est-on avec l'amour et le désir ?

En vérité, je n'en sais rien.

Ai-je lu ou m'a-t-on raconté cette histoire abominable ?

Un petit garçon aime beaucoup son grand-père, lequel va avec lui dans la campagne, lui explique les choses, lui insuffle le sentiment si précieux qu'il est déjà un « grand » et le deviendra plus encore.

Soudain, le grand-père meurt. On n'en informe pas l'enfant, il ne voit pas son grand-père sur son lit de mort, ne va pas à l'enterrement. On lui dit seulement qu'il est « parti » (donc qu'il l'a abandonné !). L'enfant insiste, repose sa question sans qu'on lui fasse don de la vérité, jusqu'au jour où, dans le jardin, sous un arbre, sa mère et lui tombent sur le cadavre décomposé et dévoré par les vers d'un petit animal.

« Eh bien, c'est ça, ton grand-père. C'est comme ça qu'il est maintenant ! » dit la mère.

L'enfant, horrifié, s'écrie : « Alors, je n'aime plus grand-père ! »

A partir de quoi il se cloître dans un mutisme dont il ne sort plus. Bientôt considéré comme débile, autiste, il est conduit (heureusement) à se faire soigner.

La mère, pourtant, n'a pas menti : la mort, c'est

aussi les vers, la pourriture. Mais nous ne pouvons pas nous en contenter. Plus exactement, si nous nous bornons à cette vision de ce qui nous attend, nous devenons fous, comme l'enfant.

Il nous faut « autre chose » et les civilisations, sans doute depuis le premier homme, n'ont cessé de l'inventer : réincarnation, résurrection, paradis, éden.

C'est ce qu'on nomme la spiritualité, pour l'opposer au matérialisme qui ne veut pas voir plus loin que le corps et pour lequel tout s'anéantit avec lui.

Cette vue des choses ne se raisonne pas ; en l'absence complète de preuves matérielles, c'est seulement au fond de notre cœur que nous sentons la présence des absents.

On peut objecter que nous les hallucinons, que c'est seulement une création de notre esprit. Mais qu'est-ce que cela peut faire ? Il y a eu aussi des philosophies, des religions pour affirmer que la vie entière n'est qu'un rêve. Alors, un rêve de plus, du moment qu'il nous aide à vivre — et à mourir ?

« *Il n'y a qu'une vie,* disait Malraux, *mais rien ne vaut une vie.* »

Celle que nous nous faisons.

A quel point Françoise était au cœur de l'amour, c'est en la lisant que j'en ai le mieux pris conscience : elle n'a cessé de répéter qu'aucun être humain ne vient au monde sans qu'à l'origine il y ait de l'amour. Fût-ce seulement du désir, violemment exprimé.

Elle pensait qu'un fœtus absolument non voulu avorte. Ne « tient » pas.

Des mères vont objecter : « J'ai fait tout ce que j'ai pu pour avorter, et l'enfant est quand même venu au monde, aussi me suis-je empressée de l'abandonner... »

Ont-elles vraiment fait tout ce qu'elles pouvaient pour le « tuer », leur embryon, lui refuser la vie ? Il est possible qu'elles le pensent. Mais si c'était tout à fait vrai, elles y seraient sans doute parvenues.

Nous vivons en permanence dans un bain d'amour. C'est lui qui nous maintient en vie. Que ce flux se retire, et c'est la mort.

Des gens peuvent se déchirer, renier leurs proches, et pourtant les aimer. Se nourrissant comme à leur insu de cette passion. Dans la jalousie, la haine, parfois le crime.

Si l'on ne fait que se rendre mutuellement la vie « invivable » — ce qui n'est pas vrai tant qu'on vit —, peut-on encore appeler cela de l'amour ?

Françoise appelait « amour » ce qui nous tient serrés ensemble « pour le meilleur et pour le pire », comme l'Eglise a le génie de l'exprimer. Je me rends à son avis. Tout ceux que je vois, côtoie, fréquente, même s'ils m'agacent, parfois m'horripilent, je sais au fond que je les aime.

Cet amour me donne envie de me lever chaque matin, fût-ce pour de nouveaux combats. Avec eux et contre eux, mes aimés.

Afin de sentir leur souffle, leur proximité, leurs remuements, de me tenir le plus que je peux à leur contact de vivants.

Tous me manquent, les plus lointains, les disparus. Tous sont ma mémoire, et ma mémoire est ma vie. Envers tous j'ai de la rancune, pour m'avoir abandonnée en cours de route. Mais Françoise rappelait : « N'oublions pas que nous mettons au monde des êtres pour mourir... »

Car, même prévenus, nous tombons dans le piège : chaque rencontre avec un être mortel nous convie d'avance à souffrir. D'absence. De manque.

D'amour.

Si l'on tient à se changer, est-il indispensable de recourir à la psychanalyse ? Peut-être pas, disait Françoise Dolto. On doit pouvoir y arriver par les seuls moyens du bord.

C'est en cela qu'elle rejoignait ceux qui disent ne pas « croire » en l'analyse — comme s'il s'agissait d'une secte ou d'une foi —, et qu'à trop vouloir tout comprendre cette femme « fatiguait » la vérité.

Mais il faut bien passer son temps sur terre, et que faire quand on n'analyse pas ces événements qui semblent nous arriver « comme par hasard » ?

Et puis, il y a la souffrance (hasardeuse, elle aussi ?). Comment s'en délivrer si l'on ne tente pas de la négocier, de l'atténuer en en cherchant le sens par l'analyse ?

J'ai la souffrance en horreur, la mienne comme celle d'autrui. Sans compter la souffrance muette des animaux. Cette souffrance « animale » — elle est aussi celle des humains — m'est plus que tout intolérable. Au point de me dégoûter de vivre.

D'où ce tintouin que je me donne, comme chacun d'entre nous, pour me convaincre que la vie qui m'a été prodiguée vaut tout de même la peine, au-delà de ce qui m'horrifie en elle.

Hier, Serge Leclaire est mort.

Plus que celle des autres hommes, la mort du psychanalyste est un événement considérable : il emporte avec lui une masse de savoir humain. Devenu irrécupérable.

On peut sonder ses écrits, se rappeler ses paroles, interroger à nouveau ses interprétations. Le « filet » de plus en plus serré qu'il avait fait de son être, dans lequel il recevait tout nouvel arrivant, n'existe plus.

Une humanité en attente meurt avec sa mort.

Françoise Dolto est morte un 25 août. J'ai alors écrit *Douleur d'août*. Serge Leclaire, le 8 août. Je souffre pareillement et me souviens.

Une psychanalyse s'accomplit à raison de trois rendez-vous d'une demi-heure par semaine. J'ai été en analyse avec Serge Leclaire pendant dix ans. Si l'on décompte un mois de vacances et quelques absences, cela fait près de soixante heures par an sur dix ans, six cents heures.

Qui, en dehors de ses proches, voit-on autant dans toute sa vie ? A qui, parmi les siens, a-t-on parlé sans arrêt, en tête à tête et sur le fond, pendant six cents heures de son temps ?

Torrent de mots qui a modifié l'analysant, mais aussi l'analyste. Quand je pensais à Serge Leclaire, quand je le revoyais, quelque chose en moi « lisait » ce qui, de lui, avait été changé par moi. Aussi par ma nature de femme.

Leclaire, un des rares analystes, des rares hommes à n'être pas antiféministe. Qui allait même jusqu'à ce comble : respecter les femmes. Maintenant il est mort.

Je dis à Eddie Fride, laquelle, pour avoir été son analysante et son amie, est tout aussi frappée et dépossédée que moi : « Pour la première fois de ma vie, après une mort, je me demande : à quoi bon continuer ? »

Comme si Serge emportait avec lui quelque chose de ma « souche » (Françoise Dolto aurait dit « placenta »).

Françoise, pour son compte, nous a entretenus de sa mort en réussissant le prodige de nous y préparer au point de nous en consoler par avance.

La mort de Serge, subite, inattendue, nous laisse pantelants, la main et le cœur tendus en direction du vide...

Lui et moi avions rendez-vous, cet hiver, pour l'affection. Est-ce pire ? D'autres étaient en travail avec lui ou en attente de l'être. Dans les quelques minutes où l'on peut concevoir qu'il s'est vu partir, a-t-il pensé qu'il nous abandonnait ? Nous, cette foule de gens qu'à travers les années il avait accepté de prendre en charge ?

Là est l'insondable générosité du « psy » : il prend dans son cœur, sur ses épaules et aussi dans ses oreilles, une quantité incommensurable de vie et de douleur humaines.

Ai-je pleuré sur son divan ? Il me semble, avec le recul, que dès que j'entrais dans son immeuble, m'allongeais dans son cabinet, je me sentais déjà mieux. Pour cette raison miraculeuse : je n'étais plus seule.

Nous nous voyions peu, pas assez, ces dernières années, de son fait plus que du mien : il avait tant à faire, tant de demandes à traiter, tellement à écrire et à penser. Et puis, l'amour des siens à satisfaire : sa femme, ses enfants, ses petits-enfants, récemment une arrière-petite-fille.

Reste que, tant qu'il vivait, je n'étais pas seule. Moins seule, en tout cas, qu'aujourd'hui. C'est cela, un grand analyste : un compagnon permanent à travers l'espace et le temps.

La dernière fois que je l'ai vu, c'était au printemps et...

Peu importe : il vient de me faire don d'une solitude et d'un silence accrus.

« *Je suis anéantie de douleur et d'angoisse* », m'écrit une jeune femme qui venait d'entrer en analyse avec Serge Leclaire. Elle ajoute : « *Il faisait chaud en Provence, le jour où j'ai appris sa mort par les journaux. J'ai eu tout de suite froid.* »

Glaciation, froid subit de l'autre qui est mort ressenti dans son corps de vivant, comme s'il ne pouvait se survivre seul.

La jeune analysante me confie plus tard au téléphone : « Il n'était pas si âgé, mais je pensais parfois qu'il pouvait mourir et que c'était la pire chose qui pouvait m'arriver...

— Evidemment, lui dis-je, vous étiez en plein transfert, il était devenu votre mère, votre placenta, et le cordon ombilical a été brusquement coupé. Vous ne parvenez plus à vous sustenter. C'est une douleur vitale, atroce...

— Merci de le comprendre », me répond-elle.

Comme me le disent aussi ceux que je prends

dans mes bras quand ils me confient : « J'ai perdu Titi et je ne m'en remets pas. »

Ça n'est qu'un chien ? Ou qu'un chat ? Tous ceux qui ont perdu un animal aimé savent que cette restriction ne vaut pas pour ce qui est d'atténuer leur douleur. Ils sont transpercés, effondrés, anéantis.

Car ce que nous perdons alors, c'est l'autre corps, qu'il soit humain ou animal, sur lequel nous sommes « branchés ». Tels les malades sur un poumon ou un rein artificiel : quelque chose qui paraît leur être extérieur, mais qui leur est en réalité indispensable. (Les animaux, comme les machines, se prêtent particulièrement à ce genre de « branchement ». Ils se laissent totalement utiliser — faut-il dire « vampiriser » ?)

N'oublions pas qu'on paie l'analyste pour qu'il veuille bien se « laisser faire » (et il le mérite, c'est dur !), mais cette notion s'oublie vite, de même qu'on ne pense pas qu'on paie une réanimation : la survie passe avant l'argent.

Qu'un analysant soit en état de dépendance s'explique : le « transfert » se défera quand l'analyse aura porté ses fruits. Mais nous ? Comment se fait-il qu'avec nos apparences d'équilibre, nous soyons aussi dépendants d'un autre corps ?

Les suicides — ou les meurtres — par amour déçu sont monnaie courante. Tous les jours, un homme tue sa femme qui voulait divorcer, et les enfants avec ! Il ne pouvait envisager de se supporter seul.

Pourtant, c'est le but.

Il s'agit de quitter le ventre, de laisser derrière soi le « frère placenta », de se dresser comme un grand sur ses pattes arrière, de prendre librement la parole, et en avant !

Qui le fait vraiment ? Qui, pour de bon, se soutient seul dans la vie ?

Pour moi, j'ai aimé la vie, mais aussi la mort que me proposait Françoise Dolto. Pour elle, le trépas n'était pas réduction, mais élargissement, presque épanouissement. Celui qui mourait allait plus loin, plus haut, s'accomplissait en quelque sorte. D'ailleurs, elle avait pour les morts, « *ses* » morts qu'elle considérait comme plus avancés qu'elle dans la connaissance, un profond respect : « Il ne faut pas les déranger, ils ont du travail à faire », me disait-elle.

Mes petites-nièces, venant de perdre leur toute petite sœur, ont eu le génie de me dire la même chose : « Il ne faut pas la déranger ! »

Quand j'ai rapporté le propos à Françoise, elle en a été très émue : « Elles t'ont dit ça, vraiment ? Alors elles pensent la même chose que moi ! Ce doit donc être vrai ! »

Pour elle, les enfants, si proches encore de leur naissance, détiennent plus que les adultes quelque chose des grands mystères de la vie et de la mort.

Si elle appelait « nouveaux » ceux qui viennent de naître, les disparus devenaient des « invisibles ». Elle percevait leur présence autour d'elle et je n'ai pas été longue à en faire autant. Non par esprit d'imitation, mais parce que je l'éprouvais déjà et que j'avais seulement besoin que quelqu'un de plus « avancé » m'encourage à faire confiance à mon intuition : « C'est tout bon, tu peux y aller ! »

Dès lors, quelle consolation !

Ils sont là, à portée de main, si l'on peut dire, mais il ne faut pas les interpeller, les « déranger », comme laissent entendre mes petites-nièces, sauf circonstances exceptionnelles où, malgré nous, nous prions nos invisibles de nous guider dans l'épreuve.

Pour ce qui est de nous inspirer, ils le font sans cesse, et depuis que j'ai perdu les personnages essentiels de mon existence, je me sens plus sûre en tout. Une décision ? Je ne suis pas seule à la prendre. Une douleur ? Quelque part, on pleure avec moi.

Surtout, on m'attend. Je me sens attendue ailleurs, et qu'y a-t-il de plus réconfortant lorsqu'il s'agit de la mort ?

Ainsi était Françoise, les derniers temps : elle allait à un rendez-vous avec ses aimés. Tâchant parfois de dissimuler la joie qu'elle en concevait à ceux qu'elle laisserait en pleurs ici-bas, lesquels finiraient à leur tour par la rejoindre... Elle leur ouvrait en somme le chemin.

Alors, tout est bien ?

Ceci est intime — mais si je ne donnais pas le plus intime, est-ce que j'aurais donné ?...

Saintes, mercredi.

Françoise,

Je suis à Saintes pour la semaine — travaux d'électricité à surveiller — et je pense à toi très fort.

J'aimerais bien te « soigner », mais comment ?

Qu'est-ce qui fait que tu respires si mal et que tu « attrapes » tous les virus qui passent, en ce moment ? Je viens te voir dès ton retour, et tu me raconteras.

Je corrige mon dernier roman, Une saison de feuilles *(il t'est dédié, puisque c'est ton titre, mais je n'ai pas voulu te le dédier expressément pour que ce ne soit pas trop « lourd », au cas où tu ne l'aimerais pas. J'ai seulement mis ta phrase et ton nom en épigraphe). Etrange roman, écrit si vite, sous la pression de l'interdiction que m'a faite ma sœur de voir Maman en tête à tête, sous prétexte que je « volerais des objets ». Ma sœur me l'a fait savoir en m'écrivant de sa main une lettre qu'elle a signée « Ta Maman ». C'est tellement « fou » !... Ma sœur, que j'aime, me veut du mal et me fait avancer. C'est fou aussi...*

Il pleut, la Charente monte, nous faisons partie des « inondables ». Pourvu que ça s'arrête !

Je t'embrasse bien tendrement,

Madeleine.

Le samedi 11 juin 1988

Rendu visite à Françoise Dolto qui m'a dit :

— Viens, les enfants arrivent à treize heures, après j'ai du travail ; mais à onze heures, je suis libre.

Je lui achète de toutes petites roses, pour ne pas lui « pomper » trop d'oxygène, des roses anciennes, minuscules.

Chez elle, je rencontre Monique, beau sourire, venue la soigner, un peu distante (elle doit voir trop de monde, et peut-être trop d'analystes et analysants).

Françoise est dans son bureau, à sa place habituelle, près de la fenêtre, habillée d'un joli chemisier bleu avec un collier bleu, légèrement mincie, le visage un peu émacié, le teint un peu gris, mais bien.

Françoise a ce tuyau bleu qui lui donne de l'oxygène par le nez et qui est très long, car, me dit-elle, son appartement est grand.

Son problème est que sa vie en dépend et qu'un nœud, un arrêt, et elle étouffe, finit par s'évanouir, sombre.

Gricha, son fils, qui est marin, leur a appris à désenrouler le fil en le pendant par la fenêtre de leur second étage.

On s'embrasse, elle réclame tout de suite Mambo, le chien, qui est allé faire son tour à la cuisine, puis qui arrive. Elle le regarde, tout est « en place ».

Je m'asseois aussi à ma place, sur le fauteuil.

Je lui demande comment est sa vie. Elle me raconte le tuyau, puis me dit qu'elle sort une fois par semaine pour voir les « bébés fous » ; ce qu'elle m'en dit est formidable.

Il faut leur faire comprendre qu'on cherche à les comprendre. Leur parler : « L'être est là. »

Mais si on ne les comprend pas ?

— Eh bien, on leur dit qu'on ne les comprend pas, mais qu'on cherche à les comprendre... Tout ce qu'ils m'apprennent !

Je l'aime.

Conversations au fil du temps avec Françoise Dolto

On oublie tout, ou presque, des paroles plutôt rares échangées du divan vers le fauteuil — et retour. Mais, entre Françoise Dolto et moi, ce fut tout le temps de l'ordre du dialogue.

Après l'une de nos rencontres, un coup de téléphone, je ne pouvais oublier ce que mon amie m'avait dit d'exceptionnel, qui recoupait d'ailleurs son enseignement oral et écrit.

Voici ce que ma mémoire, aidée de quelques notes, a pu reconstituer de ces conversations familières où mon interlocutrice m'accorde si généreusement ma place, quand ce n'est pas elle qui questionne.

« L'auditeur fait le parleur », m'avait-elle dit.

Certes, j'étais bien présente à nos moments d'intimité, mais l'élan créateur, le « génie », c'est elle.

Quant à la rédaction de ce que j'ai reçu et compris d'elle, elle n'engage évidemment que moi.

MADELEINE CHAPSAL. — Le premier sentiment que j'ai éprouvé en lisant tes livres, c'est que, pour toi, l'être humain est tout naturellement quelque chose d'absolument merveilleux.

FRANÇOISE DOLTO. — Il n'y a rien de mieux sur terre ! Il n'y a rien de mieux que la rencontre avec un être humain, un être de parole.

S'il peut arriver à être en coïncidence vraie avec

ses paroles, si son être profond s'exprime en même temps qu'il accepte les adaptations nécessaires avec le mammifère, le social, c'est alors la rencontre hors temps, hors espace, avec quelqu'un qui est l'être humain dans sa merveille.

M. C. — Tu parles là de l'être humain langagier, mais lorsqu'il s'agit des nourrissons, j'ai l'impression que, pour toi, le tout-petit est déjà un être merveilleux ?

F. D. — Oui, puisqu'il est déjà dans le langage.

M. C. — Depuis quand ?

F. D. — Depuis la vie fœtale. Il est une parole vraie qui a été assez créatrice pour que ça puisse faire une vie.

On n'y pense pas, à ça, surtout du fait de la science. L'étude de la science s'est faite surtout à partir des animaux et des végétaux, et comme, en apparence, l'être humain prend biologiquement vie de la même façon qu'une autre créature vivante, on oublie l'extraordinaire exceptionnalité dans la nature qu'est un être de désir et pas seulement de besoin.

M. C. — Quelle différence fais-tu entre désir et besoin ?

F. D. — Le besoin est nécessaire pour survivre biologiquement. Le désir, lui, est nécessaire pour survivre dans la communication aux autres. Le désir, cela se parle.

M. C. — Le désir est spécifiquement humain ?

F. D. — Pour moi, oui ! C'est ce que je trouve extraordinaire dans un être humain : qu'il y ait chez lui du désir. C'est ce qui fait la différence.

M. C. — Tu as l'air de penser qu'un bébé qui vient au monde, s'il n'est pas brimé, mutilé, embêté, mal éduqué, corseté, il *sait* ! Il sait ce qui est bon et ce qui est mauvais pour lui...

F. D. — Même s'il est tout ça, il sait !

Il se trouve qu'il ne peut pas ne pas être brimé, castré, mutilé en quelque chose, aliéné à son langage originel qui n'est dans aucune langue. Et il va utiliser la langue de ceux qui lui servent de modèles, et qu'il choisit pour modèles parce que, pour un nourrisson, l'être humain adulte le représente, lui, dans son état achevé, dont il a l'intuition.

M. C. — Tu es sûre qu'il en a l'intuition ?

F. D. — Oui, l'être humain a toujours l'intuition de « quand je serai grand », et il se voit dans le modèle qui est là. L'adulte est une partie de lui avec laquelle il converse tout petit quand il converse avec l'autre.

Tout ce qui le travaille, c'est de découvrir que l'autre a une autre histoire que lui. Pour cela, il faut que celui qui représente l'adulte ait vis-à-vis de lui un autre désir que celui qu'il a, lui, vis-à-vis de cet adulte.

M. C. — Le tout-petit a envie de s'identifier à cet adulte ?

F. D. — Il a envie d'achever son être dans son périple qui va de la naissance à la mort, et qui passe par l'adulte.

M. C. — Il y a danger ?

F. D. — Il y a tout le temps danger de s'aliéner à l'autre. D'aliéner son authenticité d'origine au modèle, pour tenter de coller à ce modèle au lieu de se servir de lui comme repère pour advenir.

M. C. — Qui doit veiller à ce danger ?

F. D. — Mais le sujet lui-même ! C'est tout.

M. C. — Y a-t-il des enfants plus doués que d'autres pour ce travail du vivre ?

F. D. — Quand on parle de « doué », on parle tout de suite de nos valeurs à nous. Je ne pense pas qu'un être en tant qu'être soit plus ou moins doué. Dans l'absolu, chaque être a tous les dons !

Mais nous, nous jugeons des dons d'après des échelles de valeurs...

M. C. — Des valeurs sociales, individuelles, scolaires...

F. D. — Oui, et aussi selon des qualités de discrimination qui sont des qualités perceptives, motrices, auditives, sensitives, de beauté de l'apparence, d'agilité du corps... Ce sont des valeurs pour nous, et cela peut le devenir pour cet être à qui nous les imposons, loin de ce qu'il est vraiment !

M. C. — Comment sait-on ce que l'on est vraiment ?

F. D. — Il y a un témoin d'authenticité d'être chez chacun ! Je pense cela très profondément, du fait que je le retrouve chez tout être humain.

M. C. — Grâce à ce que tu dis, je comprends enfin quelque chose : ma mère, qui était dans la haute couture, me mettait devant un miroir avec un monceau de robes et j'ai écrit : « *Quelqu'un en moi de beaucoup plus sévère que ma mère trouvait que c'était trop de robes...* » En le formulant, je me demandais qui était ce quelqu'un.

F. D. — C'était ce témoin en toi.

M. C. — Mais qu'arrive-t-il à ce témoin de notre authenticité chez les enfants qui vont vers la délinquance ou vers la maladie psychotique ? Il ne fait plus son office ?

F. D. — Il peut y avoir un raté dans la rencontre humanisante.

M. C. — Qu'entends-tu par « raté » ?

F. D. — Ce sont les autres qui font de nous des êtres humains, c'est la rencontre avec les autres qui nous tire du mammifère.

Quand il y a raté — par défaut ou par malentendu —, certains vont souffrir somatiquement, refuser d'avancer, tomber malades. D'autres, dans cette rencontre ratée, vont faire une mauvaise expérience de langage : ils ressentent l'autre comme agressif, et ils vont s'identifier à l'agressivité de cet autre, devenir délinquants. C'est comme ça qu'ils arrivent à devenir adultes tout en restant en bonne santé : par la délinquance.

M. C. — C'est vrai que les délinquants jouissent généralement d'une très bonne santé physique... Comme aussi les schizophrènes, les autistes.

F. D. — En ce qui concerne la santé, je crois qu'il y a un ensemble à considérer : le tonus physique, qui est un champ de la santé, le tonus mental, qui est également un champ de la santé, et aussi un tonus affectif.

Quand il souffre, l'être humain noue sur ces différents registres quelque chose qui vient de l'hérédité du corps. C'est inscrit dans les gènes : l'un pourra supporter d'être nié dans sa valeur d'interlocuteur et en devenir meilleur, mais au prix d'une souffrance physique ; l'autre va devenir plus fort de santé physique, mais au prix de sa souffrance mentale.

M. C. — Ne dis-tu pas que dans la même famille, avec la même éducation, les mêmes parents, l'histoire des enfants peut être totalement différente ?

F. D. — L'histoire de chacun commence très tôt : dès que cet être-là prend corps de ses deux géniteurs. Elle sera totalement différente, fût-on né dans la même famille, selon le moment de la vie des géniteurs : là où ils en sont dans leur rencontre, la parole qu'ils ont à se dire, qu'ils ne se disent pas... Tout fera corps — c'est-à-dire enfant — de façon dissemblable.

M. C. — Un enfant, pour toi, c'est une parole devenue corps ?

F. D. — Une parole non dite par laquelle cet être humain prend corps. Cette parole non dite, celui qui naît la représente au départ par son corps, lequel va se développer.

M. C. — Au cours de sa vie d'être humain, parvient-on à élucider cette parole non dite dont on est l'incarnation ?

F. D. — Je crois qu'on ne l'élucide jamais, puisque le corps la représente.

M. C. — Et c'est bien ainsi ?

F. D. — C'est comme ça.

M. C. — Tu dis aussi que, d'une certaine manière, l'enfant a désiré ces parents-là ?

F. D. — Sinon, il n'aurait pas survécu ! S'il est là, c'est qu'il y avait de quoi vivre !

Oui, je pense qu'un enfant a désiré naître. Il y a combien de parents dont les spermatozoïdes sont sains, dont les ovules sont sains, les deux êtres physiquement aussi, qui ont toutes les possibilités pour engendrer, et qui n'engendrent pas ?

Il faut bien croire qu'il n'y a pas, à ce moment-là,

d'être pour vouloir se mettre dans leur rencontre et la faire vivre.

M. C. — C'est un mystère.

F. D. — C'est tout à fait un mystère ; nous ne pouvons pas savoir en deçà, ni au-delà.

M. C. — A te lire, tu donnes le sentiment que cet enfant qui vient au monde sait comment il devrait être traité. Et que, si on l'écoutait un peu plus, tout irait mieux !

F. D. — Il est extrêmement fréquent qu'avec des parents « anti-doués » pour s'occuper d'enfants, si un analyste ou un psychologue peut dire à cet enfant qui souffre : « Si tu étais ton père, qu'est-ce que tu ferais pour toi en ce moment ? », il le dise.

M. C. — Sous quelle forme ?

F. D. — Il le fait comprendre. En paroles, ou bien il le dessine. A ce moment-là, on peut lui répondre : « Eh bien, tu vois, le père qui est en toi le dit ! C'est comme ça que ton père biologique devrait agir avec toi ! »

M. C. — L'enfant a en lui un bon père ?

F. D. — Il a en lui un père vitalisant.

M. C. — Et il peut se substituer à son père réel pour se dire à lui-même la parole vivifiante ?

F. D. — Il n'y parvient pas tout seul ! Cela se fait par la personne psychanalyste, qui l'aide à ce moment précis.

C'est en cela que ce métier de psychanalyste, apparu depuis peu dans notre civilisation, est un métier indescriptible, en ce sens que, par la parole, le psychanalyste médiatise une force. *Si le sujet reconnaît cette parole, c'est qu'elle était déjà sienne, mais qu'il avait besoin de l'entendre dite par un autre.*

Si nous nous reconnaissons dans des paroles vraies, si tu reconnais des paroles dans mes livres qui te touchent, c'est parce qu'elles étaient déjà en toi !

M. C. — Tu parlais de ce qu'il y a d'indescriptible dans ce métier d'analyste si récemment apparu dans notre civilisation. N'y a-t-il pas quelque chose qui le remplaçait, avant ?

F. D. — Je ne crois pas.

M. C. — La psychanalyse est apparue parce que les temps étaient mûrs ? Parce que tout est plus difficile ? Ou parce qu'on arrive à quelque chose de meilleur ?

F. D. — Je n'en sais rien, si c'est meilleur, mais c'est une grande découverte ! *On a découvert qu'un être humain qui, par une psychanalyse, a fait un travail sur son histoire afin d'en arriver au point où son histoire ne l'intéresse plus, peut, de ce fait, devenir libre.* Assez, en tout cas, pour supporter le fait qu'un autre projette sur lui, un autre qu'il peut et va aider à faire le même travail sur lui-même !

M. C. — En somme, pour qu'il devienne analyste à son tour ?

F. D. — Si tel est son désir. Il peut aussi utiliser le travail qu'il a fait en analyse autrement qu'en se mettant à l'écoute d'autrui...

M. C. — Qu'est-ce que ce « travail » qu'on fait en analyse ?

F. D. — Il s'agit de revivre son histoire aux dépens de l'image qui nous en est proposée par les autres. Pour cela, il faut supporter de souffrir en présence de cette personne psychanalyste à laquelle, une fois son histoire redite, on ne doit plus rien. *Quant à notre histoire, elle ne nous intéresse plus. On peut enfin se sentir entièrement à cet aujourd'hui qui prépare demain.*

M. C. — Sans que le passé nous tire vers l'arrière et nous contraigne à la répétition ?

F. D. — C'est ça.

M. C. — Cette recherche de sa propre histoire, il me semble que tu la fais remonter très loin ?

F. D. — Ça n'est pas moi qui la fais remonter : il se trouve qu'elle remonte loin si quelqu'un est disponible pour entendre ce qu'un autre répète inconsciemment d'une période de son existence qui n'a pas porté son fruit. La personne reproduit douloureusement des instants de son histoire dans l'espoir que ce qu'elle a vécu va enfin porter son fruit d'expériences.

M. C. — C'est le but de la vie, porter un fruit ?

F. D. — Tout ce que nous vivons porte forcément un fruit d'expérience.

M. C. — Même celles qu'on voudrait n'avoir jamais vécues ?

F. D. — Il faut bien voir qu'une expérience n'est jamais ni mauvaise, ni bonne. C'est une expérience. A travers ce qui est ressenti comme bon ou mauvais, il faut arriver à ce qu'il n'y ait plus de culpabilité.

M. C. — L'analyse parviendrait à nous débarrasser de la culpabilité ?

F. D. — La culpabilité vient de l'angoisse, et lorsque l'angoisse peut être revécue par une personne auprès de quelqu'un qui, lui, n'en est pas angoissé tout en compatissant à ce qui provoque l'angoisse chez cette personne, alors l'expérience autrefois vécue dans l'angoisse peut devenir une expérience riche d'un acquis.

C'est tout.

M. C. — L'angoisse, c'est quoi ?

F. D. — C'est la peur du désir et la dénégation de son impuissance. Devant le désir, nous sommes tous impuissants.

M. C. — Quand on dit désir, les gens entendent désir sexuel génital...

F. D. — Mais non, le désir n'est pas que sexuel génital, c'est surtout le désir de communiquer. Le désir d'une communication créatrice, qui va à la rencontre d'un autre de façon adéquate et qui va faire que cette rencontre soit créatrice de vie.

Quand l'enfant est encore tout petit, son désir s'enracine dans le besoin de prendre pour faire sien : il est encore dans le besoin. Mais, au-delà du besoin, il a le désir de prendre à l'autre, chez l'autre, ce qui va le faire, lui, tout petit, devenir comme l'autre. Ce désir de l'enfant d'être comme l'autre — l'adulte — porte un fruit qui est le langage.

Pas n'importe quel langage : le langage dans le code du groupe social au sein duquel il se trouve.

Seulement, il peut arriver que par désir d'être comme l'autre, l'enfant acquière un langage qui va être un langage d'extinction de son désir d'être lui-même.

M. C. — Un langage de peurs et d'interdits ?

F. D. — Oui, et c'est ce qui fait problème entre les humains.

M. C. — Tu dis que lorsqu'un enfant parvient à maîtriser une situation, quel que soit son âge, il y a toujours un gain, et que c'est un gain de langage. Ainsi, celui qui bégayait ne bégaie plus.

F. D. — Il n'est plus arrêté par son corps. Ses difficultés, s'il en a encore, deviennent symboliques et non plus inscrites dans son corps.

M. C. — Comment se fait-il que les parents, les éducateurs, tant de gens fassent, dirait-on, l'inverse de ce qu'il faudrait pour aider les enfants dans leur développement ?

F. D. — Mais non, pas toujours ! Il ne font pas l'inverse de ce qu'il faudrait dès lors que leur relation à l'enfant est vécue comme un surcroît de la relation au monde de leur âge de désir génital. Si tu veux : comme si l'enfant n'était pas ce qui les fait vivre, le but de leur existence, mais un *plus*, un enrichissement de leur existence.

L'humain qui a conçu un enfant et qui l'élève comme un futur homme et comme une future femme, pour le bien de cet enfant, et non pour répéter des images qu'il peut avoir de ce que cet enfant doit réaliser, eh bien, il est le parent qu'il faut à cet enfant.

Mais si la mère élève son enfant en ayant seulement le désir que son enfant soit conforme à une image abstraite, qui est la sienne, elle fausse l'originalité propre de cet enfant.

M. C. — Quand elle désire à sa place qu'il soit acteur ou polytechnicien ?

F. D. — Et en exigeant de lui des choses plus simples qu'il n'est pas à l'âge de pouvoir lui donner, même s'il les désire aussi de lui-même.

M. C. — Par exemple ?

F. D. — Eh bien, quand une mère exige la propreté, la continence sphinctérienne avant que le système nerveux de l'enfant ne soit développé au point qu'il puisse contrôler ses sphincters (c'est lent à se faire). Il se peut que l'enfant se mette tout de même à se contrôler, mais c'est alors par inhibition de la vitalité qui va à ses sphincters, en se greffant sur le désir qu'a sa mère qu'il soit propre. Il inhibe ainsi pour l'avenir les expériences neuromotrices qui vont faire qu'il doit être maître de son corps pour lui-même, d'abord, avant de faire ce corps conforme au vœu de sa mère qu'il soit déjà propre. C'est comme ça qu'une mère enracine le vrai désir de l'enfant dans un faux désir qui est le sien à elle, ce qui fait que l'enfant n'est pas totalement vivant.

M. C. — C'est ce que tu appelles le dressage ?

F. D. — Oui, et un enfant peut en mourir ! On inhibe la vie chez lui avant que cette inhibition puisse être compensée par une liberté vécue, soit mentale, soit physiologique.

M. C. — On a tendance à penser que les mères ont l'instinct de ce qui est bon pour leur enfant, qu'elles ont naturellement l'amour de leur enfant. Alors, pourquoi font-elles ça ? Pourquoi vont-elles à l'encontre de la vie ?

F. D. — Les mères n'ont pas que l'amour de leur enfant, elles ont aussi besoin de le montrer aux autres pour que les autres soient fiers d'elles à travers cet enfant. Elles veulent se sentir fières d'elles-mêmes dans le regard des autres, au lieu d'être fières que leur enfant soit heureux.

M. C. — N'est-ce pas ce qu'on appelle faire de son enfant un phallus ?

F. D. — Si tu veux : faire de son enfant un phallus à exhiber.

M. C. — C'est donc qu'il manque quelque chose à cette mère du côté de son propre rapport à la vie ?

F. D. — Nous sommes tous des êtres blessés, et tous pervers en quelque chose.

M. C. — Etre pervers serait aller contre la vie ?

F. D. — Contre le sens de la vie. Et ne pas supporter que tel ou tel soit autrement que ce que l'on désire qu'il soit.

M. C. — C'est une chose bien dure que d'accepter de laisser les autres tels qu'ils sont, qu'il s'agisse de ses enfants, de la personne que l'on a en face de soi, ou de l'être aimé...

F. D. — Parce que nous nous projetons dans l'autre, en particulier dans notre enfant, et il y a des mères qui ne peuvent pas accepter que leur enfant souffre. Or un être humain ne peut pas ne pas souffrir. L'important est que sa souffrance soit mutable pour lui en fécondité.

M. C. — En te lisant, j'ai éprouvé de la fureur rétrospective contre ma grand-mère, ma mère, mes gouvernantes, mes maîtresses d'école... Est-ce que le mal qu'on nous a fait, lorsque nous étions enfants, est réparable ?

F. D. — Mais il est déjà réparé ! C'est en vivant tes expériences que tu es devenue ce que tu es !

M. C. — Comment ça, *réparé* ? Comment l'ai-je réparé ?

F. D. — Au fur et à mesure d'expériences bloquées ou interdites, ta vitalité s'est développée ailleurs.

Si tu veux, on ne peut pas élaguer une branche maîtresse sans tuer l'arbre, mais on peut très bien élaguer beaucoup de branches secondaires : l'arbre se développera davantage en hauteur et en force de tronc.

L'éducation, c'est un peu comme ça : respecter l'originalité de chacun, laquelle ne prend pas son origine dans la mère seule, mais dans les deux lignées. Un enfant n'est pas un enfant pour sa mère ou pour son père seuls, il est un enfant pour la survie des deux lignées.

M. C. — Il ne faut pas qu'il le ressente comme une charge !

F. D. — Mais c'est une charge, d'assumer la continuation ! C'est une charge pour l'humain qui est conscient de sa vie et de sa mort. C'est une charge qu'il ait la continuation des deux générations qui se sont rencontrées en lui. Mais si les deux adultes dont il est issu l'assument, l'enfant l'assumera.

M. C. — Il y aurait déjà une espèce de science ou d'art de la vie chez le tout-petit ?

F. D. — Surtout si on lui parle ! Si on le laisse téter n'importe comment, sans savoir ce qu'on fait, ça veut dire que la mère n'a pas non plus d'exigence pour sa propre vie ! C'est sa mère qu'il a à téter, pas n'importe qui, et cette femme n'a pas qu'à être mère-nourrice, elle est aussi amante, mère d'autres enfants, responsable de ses propres activités et d'activités dans la cité. Elle ne peut donc pas donner à l'enfant une constante satisfaction de désir. Elle doit lui donner suffisamment selon ses besoins, et le reste, elle le lui parle.

M. C. — Comment ça ?

F. D. — Elle lui dit ce qu'il souffre. Elle met des mots sur son impatience, sur sa frustration, sa difficulté, sa douleur... Elle met des mots, mais elle ne lui cède pas pour ça. Elle le reconnaît comme désirant quelque chose qu'elle ne peut pas lui donner, mais elle lui reconnaît également le droit de le revendiquer.

M. C. — Ce que je trouve si original dans ce que tu proposes, et aussi dans ta clinique avec les enfants, c'est que tu leur dis : « Eh bien, t'as pas de chance ! T'as vraiment pas de chance d'avoir un frère ou une sœur pareils ! »

F. D. — « C'est pas commode » ou « T'as pas de chance ! », ce sont les mots qui reviennent tout le temps dans mon travail.

« C'est pas commode d'avoir un Papa comme tu en as un ! Comment voudrais-tu que soit ton Papa ? » Presque toujours, ils disent : « Comme il est ! — Eh bien, tu vois ! »

Ou bien : « J'aimerais qu'il soit comme le Papa d'un autre. » Et ils vous le disent par un dessin : « J'aimerais être cet autre. »

— Pourquoi ?

— Ah ben, son Papa, quand il a une mauvaise note, eh ben, il lui donne des râclées !

— Est-ce que tu voudrais que ton papa te donne des râclées ?

— Ah ben, c'est pas ça que je veux dire, mais il s'intéresse à son travail, et mon père, il sait même pas dans quelle classe je suis. »

M. C. — Tu dis aussi : « Tu n'as pas de chance d'avoir un petit frère ! »

F. D. — « Un petit frère comme ça, oui, tu aurais voulu l'avoir autrement. Mais c'est comme ça. C'est comme ça dans la vie ! » Je dis beaucoup ça, aussi : « C'est comme ça dans la vie, mais tu es plus fort que les difficultés ! »

Pour chacun, on doit pouvoir le soutenir à dire : « Je suis en difficulté », puisqu'il se sent en difficulté. Il faut que quelqu'un lui reconnaisse qu'il l'est, mais reconnaisse aussi qu'il a de quoi s'en sortir. Pas avec l'aide d'un autre, mais du seul fait que quelqu'un le reconnaît comme capable de s'en sortir.

M. C. — Les parents croient nécessaire de valoriser sans cesse l'enfant en lui disant : « Tu as un père formidable, tu as une mère formidable, tu as un petit frère formidable... »

F. D. — S'ils le croient, c'est très bien, mais s'ils le disent pour berner l'enfant alors qu'ils ne le croient pas, ils ne sont plus des êtres vrais.

M. C. — Tu penses qu'avec l'enfant, il faut être absolument vrai ?

F. D. — Je pense qu'il n'y a pas d'autre règle d'or que d'être vrai dans ce qu'on lui dit — ça ne veut pas dire *tout* — et ne jamais lui dire quelque chose de pas vrai.

M. C. — Tu peux lui dire : « Ça, ça n'est pas pour toi, ça ne te regarde pas... » ?

F. D. — « Ce sont nos affaires. Si tu y comprends quelque chose, tant mieux pour toi. Moi, je ne suis pas sûre d'y comprendre, en tout cas ce sont nos affaires. »

M. C. — N'y a-t-il pas eu un moment, dans l'éducation, où l'on a eu tellement peur de mutiler l'enfant qu'on a tout permis ? Ce qu'on a appelé la doctrine du docteur Spock ?

F. D. — C'est venu de quoi ? De ce que les adultes,

au lieu de vivre à leur place, voulaient vivre à la place de leur enfant qu'ils ne voulaient pas sentir frustré ! Alors l'enfant n'avait plus l'exemple d'adultes vivant dans la réalité.

M. C. — Il n'y avait plus d'adultes ?

F. D. — Il n'y avait plus que des gens à manipuler, c'est-à-dire à perdre leur temps, puisqu'un être humain n'est pas là pour manipuler les autres, il est là pour se maîtriser en vue de réaliser un désir tous les jours nouveau. Un désir qui n'a pas à être toujours le même, celui de manipuler Maman, de faire endêver Papa, de n'importe quoi...

M. C. — C'est une grande tentation de manipuler les gens !

F. D. — Bien sûr, et c'est se détourner du destin qui est pour chacun le sien.

M. C. — Tu donnes le sentiment que le destin est totalement original pour chacun, et en même temps qu'il y a pour tous quelque chose d'universel et de semblable.

F. D. — Ce qui est semblable, ce sont les étapes du développement, du fait même de la croissance de l'enfant vers l'âge adulte, de la mutation gonadique, physiologique, qui entraîne un autre style de rencontre avec autrui.

Tous passent par les mêmes étapes, mais à des moments différents. Et il est très triste qu'une société, sous prétexte de l'âge civil, veuille que tous les enfants fassent la même chose au même moment ! C'est comme donner à tout le monde le même menu ! Heureusement, le tube digestif en laisse tomber, il ne prend pas tout, même si on le gave.

Eh bien, du point de vue éducatif aussi, il faudrait que ce qu'on donne soit disponible, mais qu'on ne s'occupe pas de savoir si les enfants le prennent ou non, pourvu qu'on les sente vivants, pouvant manifester de la peine, de la joie, de l'élasticité dans la relation. Qu'ils soient en relation créatrice avec leur monde.

M. C. — Que trouves-tu de pire dans l'éducation actuelle ?

F. D. — Qu'elle soit institutionnalisée ! L'institutionnalisation de normes, c'est ce que je trouve de pire.

M. C. — Mais comment imaginer que des professeurs puissent à chaque moment donner à chaque enfant quelque chose de différent ?

F. D. — Ils donnent ce qu'ils ont à donner, mais l'enfant doit pouvoir n'en prendre que ce qu'il a à en prendre.

Tu vois, sous prétexte de science, on a élevé les humains pour leur corps. On sait qu'ils ont soi-disant besoin de telles choses, par exemple en diététique. Or, on a fait la même chose pour leur évolution, comme s'il s'agissait de faire répéter aux enfants quelque chose du passé ! Pour reproduire quoi ? Le modèle de ceux qui sont des adultes, alors que les enfants ont à inventer autre chose à chaque génération ?

M. C. — Tu parles tout le temps du corps, tu dis en particulier : « Le corps entier du tout petit enfant est comme une bouche. »

Cette société aussi parle tout le temps du corps, mais ça n'est pas de la même manière que toi.

F. D. — Parce que la société est dans le paraître.

M. C. — Il faut être beau, jeune, bien vêtu ? Il faut se regarder dans le miroir ?

F. D. — Il ne faut pas aller vers la mort.

M. C. — Ne pas vieillir ?...

F. D. — Ne pas aller vers la mort, c'est tout le temps ça !

M. C. — Et pourquoi ne faut-il pas aller vers la mort ?

F. D. — Parce que les humains ont peur de la mort. Ils n'ont pas entendu le message à l'origine de leur civilisation, qui dit : « Jouez votre désir, il n'y a plus de mort ! II y aura la mort du corps, mais ça n'est pas la mort du sujet désirant ! »

M. C. — C'est chrétien ?

F. D. — Il se trouve que cela coïncide avec le message de l'Evangile, mais pas avec celui de l'Eglise, qui, elle, est dans le social.

Une chose qui m'étonnait beaucoup pendant la guerre, c'était de voir les évêques tonitruer sous prétexte que leurs ouailles étaient passées de vie à trépas du fait des bombardements anglais ! Qu'ils soient vivants ou morts, c'étaient toujours des chrétiens et cela ne regardait pas l'évêque, ça ! Mais il se comportait comme un administratif qui est tout triste de ne plus avoir assez de têtes de bétail... J'aurais très bien compris que ce soit le préfet qui dise ça, mais pas l'évêque...

M. C. — Ou le percepteur...

F. D. — L'évêque aurait dû dire au contraire à toutes ces ouailles qui l'écoutaient : « Vous avez de la chance, parmi vous il y en a qui ont fini leur vie très vite, maintenant ils sont ailleurs, mais si vous êtes en relation d'amour avec eux, et eux en relation d'amour avec vous, vous avez beaucoup d'invisibles avec vous. »

C'est ça, le message, si l'on est chrétien.

M. C. — D'où te vient ce sentiment de l'invisible ?

F. D. — C'est la psychanalyse qui m'a aidée à l'admettre et à le comprendre.

M. C. — Il est en nous dès l'origine ?

F. D. — Il est en nous parce que nous sommes sortis de l'invisible. Pour nous retrouver dans un corps limité à une sensorialité à cinq sens, ce qui n'est pas beaucoup.

Les gens sont dans le désespoir sitôt qu'il y en a un qui n'entend pas physiquement... Mais eux, ils n'entendent pas spirituellement ! Ils sont bien plus infirmes que celui qui n'entend pas physiquement et qui entend spirituellement.

On est là à défendre l'intégrité du corps comme si nous ne voyions l'être humain que sous sa forme de mammifère.

M. C. — Tu écris qu'un enfant à qui il manque un membre, si on ne le lui renvoie pas, cela lui est égal.

F. D. — Il y a à lui dire : « Tu peux entrer autrement en communication. »

M. C. — Avec l'invisible ?

F. D. — Et avec le visible. Il y a un livre sur un enfant d'un arrondissement de Paris, lequel est aveugle et est le centre spirituel de son quartier. Tout le monde se retrouve dans une espèce d'incandescence de relation autour de cet enfant infirme...

M. C. — Je connais un jeune aveugle qui fait de la musique et qui se débrouille aussi pour être le centre de sa famille et de ses amis.

F. D. — Il donne beaucoup de joie aux autres et il en reçoit. C'est ça, vivre : donner de la joie !

M. C. — Un jour, je l'ai emmené parmi des aveugles pour une émission à la radio, et il a dit : « Il ne me manque rien. »

F. D. — C'est vrai.

M. C. — Cela a scandalisé les autres aveugles qui voulaient se vivre comme à plaindre, dans leur viande...

F. D. — C'est ça.

M. C. — Sans toi, je n'aurais pas su me le formuler... Et toi ? D'où cela te vient-il ? Tu dis que c'est la psychanalyse qui t'a apporté toute cette connaissance, mais quand on te lit, on a aussi le sentiment que tu as beaucoup tiré de tes propres enfants.

F. D. — Parce que j'ai été psychanalysée bien avant de les avoir. C'est peut-être cela, aussi, ma différence avec beaucoup de psychanalystes : c'est que j'ai été psychanalysée avant d'être épouse et mère, si bien que je ne m'attendais pas à rien répéter. J'étais prête au nouveau.

M. C. — Tout le monde ne peut pas être psychanalyste ni même psychanalysé...

F. D. — Non, pour ça, il faut être motivé.

M. C. — Est-ce que les gens ne peuvent pas quand même arriver à cette disponibilité ?

F. D. — Mais si ! C'est pourquoi je crois qu'en écrivant des livres comme *La Difficulté de vivre,* on sensibilise les gens à une autre manière de concevoir le vivre entre les uns et les autres. Ce que je cherche à inculquer dans mes ouvrages, c'est qu'au cours de la petite enfance, on ne doit pas élaguer la branche maîtresse. Pour ne pas créer nous-mêmes de souffrances inutiles du fait que nous, adultes, jalousons à l'enfant son droit à vivre.

M. C. — Pourquoi le jalousons-nous ? Parce qu'il est plus éloigné de la mort que nous ?

F. D. — Oui, et parce que nous voudrions lui éviter la souffrance. Alors nous lui en donnons bien trop tôt. Nous avons souffert d'avoir des désirs que nous ne pouvions pas satisfaire, alors nous pensons qu'en ne parlant pas de ces désirs à un enfant, il oubliera qu'il désire !

M. C. — Tu penses qu'il ne faut pas être trop proche de ses enfants ?

F. D. — Il n'y a pas de danger d'être trop proche si l'adulte qui élève un enfant est plus proche de celui qui est son complément sexuel que de son enfant.

M. C. — Que fais-tu des pères et mères célibataires ?

F. D. — C'est très bien, les pères et mères célibataires, s'ils parlent des pères et mères génitaux. Quand on élève seul un enfant et qu'on lui dit : « Tu n'as pas de père, tu n'as pas besoin d'avoir de père (ou de mère), puisque tu m'as ! », on le rend *hémiplégique,* puisqu'on lui ment sur l'origine. On lui dénie son origine et son désir d'être né d'un homme et d'une femme.

M. C. — J'ai le cas autour de moi d'un homme qui a tiré avec un fusil de chasse sur sa femme ; il l'a ratée, mais cette femme ne peut pas parler « bien » de cet homme à ses enfants !

F. D. — Elle peut dire : « Vous avez choisi ce père-là pour naître ! Moi, j'ai aimé cet homme et maintenant il est devenu difficile à vivre. Sans doute n'a-t-il pas avec moi la satisfaction qu'il aurait besoin d'avoir. » C'est évidemment un homme insatisfait, sinon il n'aurait pas fait ça.

Il faut le dire à l'enfant : si ton père avait été mieux élevé quand il était petit, s'il avait pu parler les choses dont il souffre au lieu d'agir comme un mammifère déçu qui écrase les autres, de cette énergie il aurait pu faire autre chose que d'empêcher la vitalité.

M. C. — Il est important que l'enfant ait ses deux lignées ?

F. D. — Il est très important qu'il soit enraciné dans sa triangulation, qui est une triangulation d'amour, même si ça n'a pas l'air d'en être. Sans ça, il ne serait pas né.

M. C. — Il y a toujours de l'amour à l'origine ?

F. D. — Du désir... Même un enfant issu d'un viol a voulu naître, sinon, s'il n'y avait pas eu de quoi vivre, il aurait fausse-couché. Et s'il y a de quoi vivre, c'est qu'il y avait de quoi vivre à l'origine.

M. C. — Tu dis aussi qu'il est très important pour un enfant tout petit d'entrer tout de suite dans la vie sociale.

F. D. — L'entrée des petits dans la vie sociale est très difficile actuellement, du fait que la société ne s'intéresse à un citoyen-enfant qu'à condition de le séparer de sa mère à un âge précoce où il n'est pas encore séparable d'elle.

A cet âge, pour supporter les épreuves de la rencontre ratée avec d'autres, dont il va souffrir, il a encore *un besoin absolu* de retrouver le lieu où il s'est cohésé au départ, pour s'y recohéser. Il faut que sa mère ou la personne tutélaire dont il dépend soit présente en personne à ses expériences pour qu'en cas de difficulté, il puisse retourner dans son giron, s'y recohéser et repartir vers son expérience.

Les mères disent : « Il est méchant, celui qui t'a fait du mal », alors qu'il n'est ni méchant ni pas méchant ; ça a été une rencontre ratée pour ce qui est de porter un fruit de plaisir pour tous les deux. L'un a eu un fruit de plaisir : celui d'agresser l'autre. Mais, pour celui qui a été agressé, ça a été un fruit de déplaisir... Or, qu'est-ce qu'ils recherchaient l'un et l'autre ?

M. C. — Un fruit de plaisir commun !

F. D. — Voilà ! Un fruit de plaisir commun à partager, afin que chacun en tire une expérience de progrès.

Pour qu'ils y parviennent, il faut parler aux enfants de leurs expériences de communication ratées, sans les blâmer et en leur permettant, du fait de la présence de la mère, de retourner à elle pour éprouver qu'ils sont toujours eux-mêmes, bien qu'ils aient été démolis d'avoir été agressés par un autre, à l'occasion d'un jouet qu'ils ont voulu lui prendre, ou dans le but d'aller le regarder dans le blanc des yeux pour voir comme il est merveilleux, celui qui a trois centimètres de plus qu'eux ! Et qui, ne voulant pas de celui qui a trois centimètres de moins qu'eux, le rempogne !

M. C. — Quand on retourne vers le coup...

F. D. —... c'est qu'on désire trouver avec des mots le sens d'une expérience qui attire.

Bien sûr, il faut y veiller de près ; aucun parent ne veut que son enfant fasse une expérience tellement difficile à supporter qu'il en sera touché à vie. Mais chaque enfant a à percevoir ses propres limites. La mère ne peut qu'appréhender qu'il y a en effet une limite à tout corps humain devant la brûlure ; elle ne peut pas supposer jusqu'à quelle limite son enfant doit aller pour en tirer une expérience, pour lui définitive, de sa résistance au feu, comme de sa résistance à n'importe quel danger pour son corps, lequel est une chose dans l'espace.

M. C. — Chaque mère doit avoir envie de dire : « Pour moi, j'ai vécu comme ça en tant qu'enfant, mon enfant doit vivre les choses de la même façon ! »

F. D. — C'est ça, le bienfait d'une psychanalyse : on ne pense plus à soi, on ne se projette plus dans autrui, on a l'entendement de cet autre en tant que lui-même. On lui permet d'être autre que nous.

M. C. — Mais toi, tu as fait une analyse parce que tu avais une souffrance...

F. D. — Une très grande culpabilité vis-à-vis de ma famille, à cause des études de médecine qu'elle ne voulait pas que je fasse.

M. C. — Parce que tu étais une femme ?

F. D. — Nous aurions été cinq filles que ma

famille aurait trouvé très bien que j'apprenne un métier. Mais, comme j'étais seule fille au milieu de beaucoup de garçons, étant donné les mœurs du milieu bourgeois dans lequel j'étais née, ma mère était anxieuse pour mon avenir.

Elle s'était mariée en 1900, et moi j'étais née en 1908, donc elle avait déjà trente-deux ans, mais elle voyait la société comme à son époque. Comme, dans son milieu, une fille qui faisait des études risquait de ne plus être mariable, elle pensait que je n'aurais pas de descendance, que je ne serais pas heureuse...

M. C. — Et qu'elle ne serait pas grand-mère !

F. D. — Ça n'était pas pour ça, elle pensait à moi, à mon bonheur futur tel qu'elle le concevait. Elle me voyait sur un chemin qui, pour elle, allait me rendre plus tard malheureuse. Elle pensait que je devais me retenir de faire des études pour ne pas, après, être étrange...

M. C. — Etrangère !

F. D. — C'est ça, étrangère à mon milieu social. Marginale, comme on dit maintenant.

M. C. — Aujourd'hui, être marginale, même pour une femme, n'est pas forcément un malheur.

F. D. — Bien sûr ! La société évolue grâce à certains individus qui, tout en admettant une certaine partie du code, ont un désir qui dépasse ce que ce code autorise.

M. C. — N'est-ce pas le cas de tout le monde d'avoir un désir plus fort que le code ?

F. D. — Ça l'est davantage pour certains. C'est important d'avoir le courage d'assumer sa marginalité, son « étrangeté », non pas contre ses parents, mais pour réaliser quelque chose dont on sent profondément que c'est l'honneur des parents qu'on le réalise.

C'est là où l'on retrouve ce décalage entre ce qui se pratique et les paroles dites à l'orée de notre civilisation. Ainsi, « Honore tes parents » se comprend « Ne juge pas tes parents » ! Bien sûr, ne juge pas tes parents plus que tu ne jugerais quelqu'un d'autre, si c'est par rapport au bien et au mal ; mais si c'est par rapport à comment *toi*, tu as à advenir à être parent, tu as à les juger. Sinon, on en serait toujours à Cro-Magnon !

Quand l'homme de Cro-Magnon a vu l'un de ses enfants se fabriquer un abri contre les intempéries avec des morceaux de pierre au lieu de rester dans les grottes, il a dû le trouver totalement marginal et en danger ! Pour lui, le seul abri possible, c'était le retour à l'intérieur de la planète dans des trous tout faits, comme lui le faisait ! Le premier homme était troglodyte, et c'est là où il se sentait en sécurité. Celui qui a dit : « Eh bien, après tout, moi je veux construire mon propre abri, parce que j'ai envie d'aller plus loin que la grotte », ça a dû être terrible pour le géniteur masculin qui dirigeait la horde.

M. C. — Il s'est senti dépassé ?

F. D. — Oui, et il sentait son fils en danger parce qu'en inventant la première maison, il transgressait ce qui était, à ses yeux de troglodyte, la sécurité.

M. C. — Je pense qu'il faut beaucoup de force aux parents pour accepter que, d'une certaine manière, leurs enfants « sortent de la grotte » !

F. D. — Nos enfants ne nous appartiennent pas, nous sommes dépositaires de vies qui ne peuvent pas s'assumer sans les adultes qui se sentent responsables d'elles, mais qui, au jour le jour, ont à prendre leurs propres initiatives au risque du danger.

M. C. — Ce qui rend les parents caducs.

F. D. — C'est grâce au fait que les enfants sont d'accord avec la mort des adultes qu'ils peuvent aller vers leur âge et accepter, eux aussi, plus tard, leur mort.

M. C. — On ne peut vraiment accepter cette mort que si l'on pense qu'elle n'en est pas une ?

F. D. — Elle en est une pour le corps, elle n'en est pas une pour la lignée, si on parle au nom d'individus. Et puis, la mort d'une civilisation n'est pas la mort de l'humanité. Quelqu'un a dit : « Si la bombe atomique anéantit Paris, c'est la mort d'une civilisation ! » Mais toutes les civilisations, comme les êtres humains, sont faites pour mourir. Ce qui est important, c'est que les vivants qui restent continuent l'humanité. Et que l'expérience de cette civilisation puisse servir à une autre à travers ceux de cette civilisation qui resteront vivants.

M. C. — Tu ne t'intéresses pas aux individus ?

F. D. — Je suis plus du côté de la vie que du côté de la conservation des individus. Toutefois, je considère qu'une société est faite de la valeur des individus, et non de leur écrasement pour qu'ils soient tous pareils.

M. C. — Dans cette société qui se croit libre, les individus sont souvent écrasés.

F. D. — Cela vient de ce que nous nous défendons contre le nouveau ! Nous avons un instinct de conservation qui anticipe les dangers et c'est cette imagination qui freine l'être humain dans son désir.

M. C. — Mais qui, en même temps, lui sauve la vie ?

F. D. — Mais lui sauve la vie pour en faire quoi ? Si c'est pour toujours sauver sa vie et finalement ne rien risquer...

M. C. — Tu as écrit : « *Au jeu du désir...* »

F. D. — Je crois que l'essentiel de la vie, c'est le jeu, le plaisir ! Le plaisir de jouer...

M. C. — Tu penses que tous les jours, il doit y avoir du plaisir ?

F. D. — Il se trouve que si les jours sont vraiment des jours nouveaux, la veille ne compte plus. Elle a laissé un certain souvenir d'expériences qui toutes sont positives.

M. C. — Il n'y aurait pas d'expériences négatives ?

F. D. — Non, toutes sont positivement chargées d'un acquis d'expérience.

M. C. — Quand tu parles de tes relations avec des enfants, on a toujours l'impression que vous venez de vivre une « bonne partie » formidable !

F. D. — L'extraordinaire, que les enfants nous enseignent, c'est la liberté avec le désir... Quand on leur barre leur liberté, relativement mais pas totalement, ils trouvent à découvrir de la joie avec ce qu'il leur reste de désir. Et ils en sont beaucoup plus heureux que si on leur permet tout !

Mais la liberté de l'un commence là où s'arrête la liberté de l'autre.

M. C. — Il y a de la place pour tout le monde et pour tous ces désirs différents ?

F. D. — Il me semble que oui, parce que la parole naît de l'impossibilité de réaliser tous les désirs dans leur matérialité, et le désir s'affine alors vers une réalisation qui est langagière. Dans cette recherche, chacun rencontre des compagnons et tous ensemble portent fruit de plaisir de ce désir de parole à plusieurs.

M. C. — Et l'amour ? Les gens n'ont qu'une crainte avec l'amour : que ce soit merveilleux au début et puis que cela entre dans l'habitude, se sclérose et se termine.

F. D. — En amour aussi, il y a tout le temps du nouveau... Et s'il n'y a plus de nouveau pour un qui désire encore avec un autre qui ne désire plus, il cherchera quelqu'un d'autre pour jouer !

M. C. — On trouve toujours un partenaire avec lequel il peut y avoir du nouveau ?

F. D. — C'est ça, l'amour, et c'est aussi ça, l'origine de la culture : le désir de communiquer avec les autres à distance — pas seulement à distance dans l'espace, mais aussi à distance dans le temps. Quand les humains ont découvert l'imprimerie, ils ont pu communiquer avec des êtres situés loin dans l'espace, mais aussi avec d'autres qui n'étaient pas encore nés.

Dans cette recherche pour entrer en communication avec ceux du passé et en décryptant les écritures, on essaie de décrypter le message d'hommes préhistoriques par rapport à notre histoire actuelle, comme si on voulait profiter de leur expérience. Les gens grattent la poussière pendant des heures avec une brosse à dents, il faut croire que c'est un très grand plaisir ! Parfois, ils découvrent ainsi le message de quelqu'un qui voulait communiquer avec l'avenir... Qui a voulu dire quelque chose par l'art, par une écriture. Ils éprouvent une grande joie à rencontrer celui qui est mort depuis longtemps et qui leur dit quelque chose de son époque passée.

C'est ça, la culture.

M. C. — Echanger des messages ?

F. D. — Le plus grand des désirs humains, c'est cette communication des uns avec les autres au-delà de leur temps et de leur espace...

M. C. — Et ton plaisir à toi ?

F. D. — Moi, mon plaisir à moi, c'est de te rencontrer aujourd'hui ! Aujourd'hui, c'est ça : tu es là et je communique avec toi.

M. C. — Quand tu communiques avec moi, tu communiques avec moi, Madeleine, mais communiques-tu aussi avec mon histoire, avec les êtres que j'aime ?

F. D. — Je communique seulement avec les expériences que tu as eues des êtres que tu aimais.

Je pense aussi qu'il y a toujours une part de narcissisme dans la communication : avec toi, je communique avec une part de moi que je ne connais pas, que je vais rencontrer grâce à toi — et, pour toi, c'est la même chose avec moi.

M. C. — Quand on dit à quelqu'un : tu es narcissique, cela veut dire : « Cesse de t'occuper de toi ! » Toi, tu utilises ce mot autrement.

F. D. — Il y a un narcissisme de l'identité de soi-même, le plus ténu qui soit, qui est notre désir de vivre pour communiquer.

C'est ça aussi que je recherche : à ce que chaque enfant ait bien enraciné en lui le narcissisme de son identité, qu'il s'enracine dans la triangulation de sa naissance. Il n'y a pas de *Je* sans *Tu* et *Il*... L'enfant naît à *Je* parce qu'il y a *Toi* et *Lui*... Et c'est cette communication au départ qui fait qu'il est *Moi*, qui devient *Je* ! *Je* à partir du moment où il sait que même si on détruit *Moi*, *Je* demeure.

On peut détruire *Je* momentanément, on peut — comme je te le disais — le détruire en quelque chose, mais il revient. Il revient en retournant à la mère grâce à laquelle il a pris vie, pour se recohéser, se retrouver *lui* dans son identité.

C'est ce « même », connu et reconnu, que j'appelle le génie de son sexe. Se trouver enraciné dans le génie de son sexe, qui est à risquer. Or, pour pouvoir risquer, il faut avoir une certaine sécurité.

M. C. — Quand tu dis « mère », cela peut être une autre femme que la vraie mère ? Une mère morte ?

F. D. — Oui, mais c'est un déplacement de la mère première ; de toutes les façons, on a affaire à la mère première.

M. C. — Un être de cinquante ou soixante ans qui n'a plus de parents, où va-t-il retrouver sa mère ?

F. D. — Elle est en lui, puisqu'il a survécu et qu'il est né d'elle.

M. C. — Tu penses que, pour retrouver son origine, il faut revenir à soi dans une expérience de solitude ?

F. D. — Ne crois pas qu'il y ait d'expériences de solitude... La solitude, c'est le ressourcement dans son origine, c'est reprendre courage pour aller vers les autres.

M. C. — C'est un courage d'aller vers les autres ?

F. D. — Oui, puisqu'il y a un risque !

M. C. — Recevoir des coups ?

F. D. — Cela peut être ça, mais, quelquefois, ça peut être une séduction inutile, qui ne porte à rien et qui vous déloge de votre propre chemin à faire...

M. C. — Je sais !

F. D. —... Dans l'inflation donnée au regard de l'autre. Au lieu de ne pas regarder et d'être dans l'agir, dans l'acte...

L'être humain, quand il ne se regarde pas, est vivant. Quand il réfléchit à ses actes, il fantasme et il n'est plus vivant.

M. C. — De temps en temps, tu es bien obligée de réfléchir ? Pour prévoir un autre acte ou te dire : « Tiens, j'ai fait une bêtise, pourquoi est-ce que j'ai fait une bêtise ? »

F. D. — Oui, pour tirer l'expérience d'une bêtise, mais c'est aussi de l'agir.

M. C. — Quand tu te trouves avec un enfant en consultation, tu y vas dans quel état d'esprit ?

F. D. — D'abord, je ne *vais pas* vers cet enfant. C'est parce qu'on vient à moi que je le reçois. Sinon, je n'irais pas le chercher...

M. C. — Qu'est-ce qui te pousse à répondre à cette demande ?

F. D. — Le fait qu'il souffre et qu'il veut comprendre sa souffrance.

M. C. — Tu subodores qu'un enfant souffre ?

F. D. — Je n'en sais rien à l'avance, mais je suis disponible...

M. C. — Et, à ce moment-là, tu écoutes avec quoi ?

F. D. — Je l'écoute dans son histoire à lui...

M. C. — Avec tes oreilles, ton corps, ton être ?

F. D. — J'écoute aussi avec les yeux : les mimiques sont parlantes.

M. C. — A quoi penses-tu à ce moment-là ?

F. D. — En tout cas, pas à moi ! C'est d'ailleurs pourquoi j'ai fait une psychanalyse longue, à une époque où l'on n'en faisait pas. On disait : « Maintenant vous vivez mieux et même bien ; pas besoin de continuer votre psychanalyse... »

A ce moment-là, j'étais externe des hôpitaux, j'avais une charge à l'hôpital, et quand j'écoutais une mère ou un enfant, si cela me refaisait penser à quelque chose de moi, j'en concluais que je n'étais pas assez analysée ! Que je ne pouvais encore être tout à l'écoute de l'autre...

Voilà ma raison d'avoir continué mon analyse.

M. C. — En même temps, tu te sens angoissée, ou tu as un mouvement de retrait au cours de ton écoute, grâce à quoi tu te dis : « Tiens, il se passe quelque chose ! »

F. D. — Je ne sens pas que j'ai un mouvement de retrait. C'est peut-être l'autre qui peut le voir. Moi, je ne m'en aperçois pas. Je peux ne rien comprendre, *mais ça n'a pas d'importance que je comprenne, pourvu que l'autre se comprenne* ! Ce que je comprends ou pas, moi, ça m'est égal... Je me livre pour qu'il se comprenne à mon contact.

M. C. — Avec les adultes, tu disais que ça n'était pas et ne devait pas être un contact physique. Mais, avec les enfants, est-ce que tu as parfois des contacts physiques ?

F. D. — Très rarement. Il peut y avoir un enfant qui vient vers moi et m'embrasse. Mais moi, je ne l'embrasse pas parce qu'il m'a embrassée. Je dis : « Qu'est-ce que tu veux me montrer en m'embrassant, est-ce que tu crois qu'il faut embrasser les grandes personnes ? » Je lui dis aussi : « Tu veux me montrer que tu m'aimes ? D'accord, tu m'aimes ! »

Et puis c'est tout.

M. C. — Aimer, c'est un mot que tu utilises facilement, or les gens l'ont sacralisé. Comme si c'était un engagement définitif...

F. D. — Je ne vois pas comment on peut ne pas aimer un être humain qui vit dans notre temps, ou même dans un autre temps. On peut craindre un être humain, mais ça n'empêche pas de l'aimer tel qu'il est.

M. C. — On peut aimer un assassin ?

F. D. — On peut redouter un assassin, mais on peut l'aimer dans son histoire, tel qu'il est.

M. C. — Et tu penses qu'une rencontre très rapide — je t'ai entendu en faire au téléphone — peut porter ses fruits ?

F. D. — Oui, puisque j'en ai l'expérience... Il me revient des échos que ce coup de fil a porté un fruit... Pour ça, il faut parler vrai, fût-ce au téléphone.

Je crois d'ailleurs que les gens parlent souvent plus vrai au téléphone, quand ils ne voient pas la personne physique de leur interlocuteur. Plus vrai que s'ils le voyaient...

M. C. — Pourquoi ?

F. D. — Parce que nous sommes gênés par l'apparence, qui est déjà langage. Je pense qu'un aveugle est naturellement plus vrai dans ses relations avec autrui qu'un voyant.

M. C. — Quand tu vois quelqu'un, tu as affaire à un double langage : celui de ce qui est dit, et celui de la mimique, éventuellement du vêtement...

F. D. — Du mouvement, du geste. Pour le vêtement, je ne sais pas... je ne remarque jamais comment quelqu'un est habillé ! Il faut vraiment que ce soit tout à fait surprenant pour que j'y fasse attention.

M. C. — Tu n'as jamais un sentiment esthétique devant la façon dont les gens sont habillés ?

F. D. — Global. Ou alors je regarde « la robe », comme une œuvre d'art, mais j'ai oublié la personne.

M. C. — Je me souviens de la première fois où je suis venue te voir, j'avais si mal que je ne pouvais faire autrement que m'habiller toute en noir, des pieds à la tête ! Je te l'ai dit. Cela ne t'a rien provoqué ?

F. D. — Si, parce que tu me l'as dit. Sinon, je ne l'aurais pas vu.

M. C. — Pourtant, toi, quand tu t'habilles, tu fais un effort !

F. D. — Par narcissisme. Se vêtir, c'est un investissement, et un investissement est une manière d'aimer ce corps qui est mon médiateur.

Mais rien ne dit que je m'habille d'une façon qui soit reconnue esthétiquement valable par d'autres.

M. C. — Je me suis aperçue, à un certain moment de ma vie, que je m'habillais trop bien, autrement dit que je m'habillais de telle sorte que cela faisait barrage entre moi et les autres. Et que c'était exprès.

F. D. — Ce barrage par le luxe était une protection contre autrui, parce que tu te sentais vulnérable. En réalité, tu essayais de t'anonymiser en faisant de toi une figurine de mode.

M. C. — Tout en cherchant à provoquer : je donnais à voir une image que les gens ne pouvaient pas ne pas remarquer. On me regardait et, du coup, je me sentais *derrière* mon apparence !

F. D. — Dans ton histoire personnelle, il est

évident que le vêtement a une très grande importance.

M. C. — Je ne dis pas ça pour parler de mon histoire personnelle...

F. D. — Mais tu ne peux pas ne pas en tenir compte ! Tout à l'heure, tu disais : « Quand je me regardais dans la glace, étant petite, je pensais que j'avais trop de robes. » Ce qui voulait dire que les robes que tu sentais que te mettait ta mère, c'était *trop* par rapport à la relation qu'elle avait avec ton être originel.

M. C. — Elle avait avec moi une relation comme si j'étais l'un de ses mannequins.

F. D. — C'est ça.

M. C. — Tout ça pour dire que toi, dans ta manière de t'habiller, tu ne portes jamais quelque chose qui peut tenir à distance ou faire peur... Ni d'ailleurs provoquer d'une manière disons sexuelle. Tu es habillée de telle sorte qu'on a envie d'aller vers toi, de te parler.

F. D. — Ça, je ne sais pas.

M. C. — Eh bien, je te le dis !

F. D. — Parce que moi, j'aime parler vrai avec les gens, et que les gens soient vrais. A ce moment-là, je rencontre quelque chose qui s'apparente pour moi à ce qui est essentiel chez l'être humain : la communication vraie à la minute la minute.

M. C. — Est-ce que ça te coûte un effort ?

F. D. — Pas du tout !

M. C. — Pourtant, les analystes disent : « Ah la la, quel travail ! Heureusement qu'on me paie, parce que c'est épuisant... »

F. D. — Le temps horaire peut être fatigant mais, s'il dure trop, c'est tout. Il y a aussi des êtres qui vous fatiguent. Mais quand un être me fatigue, je m'endors ! Beaucoup d'enfants m'endorment. Et quand je me réveille, je dis : « Tu vois, la relation avec toi me fait dormir. Est-ce que tu voulais que je dorme, ou bien c'est moi ? »

Quand les gens sur le divan m'endorment, je le leur dis également.

A ce moment-là, je ne suis plus avec eux sur le plan du langage. Mais qu'est-ce qui dit que je n'étais pas bien plus dans la communication en m'étant endormie qu'en étant réveillée ?

M. C. — Dans un de tes livres, tu dis que, pour Freud, l'homme le plus vrai, c'est l'homme qui dort.

F. D. — Oui, puisqu'il rêve. C'est par le rêve qu'il se donne à lui-même le message de sa vérité.

M. C. — Reste à l'entendre... Depuis toujours, les gens sont passés par d'autres pour se faire expliquer leurs songes. C'est rare qu'on s'explique ses songes à soi-même !

F. D. — En psychanalyse, on n'explique aucun rêve, on analyse un rêve. C'est-à-dire qu'on associe librement sur les éléments du rêve, ce qui mène celui qui fait ce travail avec nous à quelque chose de lui, à une vérité qu il ne connaissait pas. Mais on n'explique pas les rêves en analyse, jamais ! Ça n'est pas du tout une clé des songes. On analyse les éléments du rêve, et on sait que le rêve — c'est Freud qui l'a découvert — contient la recherche d'une détente, du plaisir des pulsions. Ce plaisir pris dans l'inconscience suscite la détente. Le rêve est le gardien du sommeil.

M. C. — Tu as souvent ramené mes rêves à du corps.

F. D. — Bien sûr, puisque ton narcissisme est corporisé.

M. C. — Tu m'as souvent dit, en parlant des éléments d'un rêve : « Ça c'est tes bras, ça c'est ton sexe... »

F. D. — Peut-être que je me trompais !

M. C. — Pas du tout ! J'étais d'accord, au fond de moi ! Je trouve que notre civilisation nous pousse trop vers les symboles, comme chez les jungiens ; toi, tu nous ramènes vers quelque chose d'immédiat, qui est physiquement là.

F. D. — Comme si les symboles étaient ailleurs qu'en nous ! C'est nous, humains, qui sommes symboliques, les symboles ne sont pas hors de nous ! C'est pourquoi les symboles des autres ne nous servent pas à grand-chose. Chacun de nous est un être symbolique qui crée ses propres symboles.

M. C. — Et mythique, aussi ?

F. D. — J'ai assisté — c'était à Saint-Paul-de-Vence — aux ballets de Merce Cunningham. J'étais avec Boris, mon mari. En tant que kinésithérapeute, il avait une profonde connaissance du corps et il était enthousiaste de ces ballets. Moi, je me demandais s'ils ne se foutaient pas du monde ! Pour moi, c'était absurde, c'était rien. Du moins, la première fois que je les ai vus.

Puis nous sommes rentrés. J'estimais Boris et les gens qui étaient avec nous et qui, comme lui, étaient transportés alors que moi, je ne pouvais même pas applaudir, et cela m'agaçait. Je me disais : « C'est de la culture, ça ? » Ça ne m'avait pas donné de message sur le plan de mon conscient.

Puis j'ai dormi et, dans mon sommeil, j'ai éprouvé mon corps complètement différemment dans ses mouvements. Je me suis dit : « Mais, c'est extraordinaire, et ce plaisir m'est venu après avoir entendu cette musique ? » La musique m'avait apporté un message que j'avais eu une certaine résistance à entendre, c'est pour ça que je ne voulais pas le reconnaître !

M. C. — Pourquoi, cette résistance ?

F. D. — Mais parce que ça allait à l'encontre du code que je connaissais jusque-là de mon corps.

M. C. — Qui était un code strict ?

F. D. — Strict, je ne sais pas, mais qui me correspondait jusqu'à ce jour-là ! Et puis, j'ai découvert que j'avais avec mon corps une liberté que je ne me connaissais pas, que cette musique m'avait donnée. Mais je n'ai pas pu applaudir sur-le-champ.

M. C. — Souvent, quand les gens résistent, c'est que ça les touche en profondeur ?

F. D. — Toujours !

M. C. — Le nouveau les met en danger ?

F. D. — Le nouveau est toujours un danger !

M. C. — Toi, tu me l'as dit toi-même, tu es quelqu'un qui peut s'asseoir par terre, tu peux t'allonger sur le sol, tu as une grande liberté avec ton corps...

F. D. — C'est vrai.

M. C. — Cette liberté, je ne sais pas si je me trompe, je la traduis comme si nous avions un animal en nous. Cet animal se manifeste de temps en temps, pas devant tout le monde, parce qu'il ne faut quand même pas heurter de front les rites sociaux... Là, j'ai ôté mes chaussures !

F. D. — Je ne sais pas si c'est comme un animal... C'est une position de disponibilité. Il y a des gens qui peuvent être disponibles tout habillés, d'autres qui sont plus disponibles quand leurs pieds sont libres ! Il y en a qui vont jusqu'au bout de leurs mouvements et même au-delà, et d'autres qui vont au-delà par la pensée, mais pas par le mouvement de leur corps.

M. C. — Jusque-là, nous avons parlé comme s'il y avait un seul être ; nous n'avons pas parlé comme s'il y avait des hommes et des femmes. Est-ce que tu trouves que c'est très différent, un homme et une femme ?

F. D. — C'est très différent dans leur advenir, mais ça n'est pas très différent quand ils sont enfants. Ils sont voués à une fécondité qui sera dans une posture passive pour être féconde chez la femme, et une posture active pour être féconde chez l'homme. Donc, c'est différent.

M. C. — Qu'entends-tu par passive ?

F. D. — Dans le coït, la femme reçoit.

M. C. — Le sperme ?

F. D. — Oui, la femme reçoit le sperme.

M. C. — Elle peut quand même s'agiter dans le plaisir ?

F. D. — Ça n'est pas ça que je veux dire ! Il y en a un qui est réceptif au point de vue génital, et l'autre qui est émissif. Les pulsions génitales sont attractives chez la femme, et émissives et protrusives chez l'homme. Et ça, c'est quelque chose qui, je crois, marque un être humain dès l'origine, d'avoir choisi entre...

M. C. —... donner et recevoir ?

F. D. —... d'avoir choisi en lui un destin pour plus tard, au moment de la génitalité : recevoir pour être féconde, chez la femme, ou émettre pour être fécond, chez l'homme.

C'est seulement dans l'acte génital qu'a lieu ce partage ; sinon, l'être humain est autant actif qu'émissif. Il est actif de pensée, il est émissif d'écoute, de réceptivité. Les yeux sont émissifs et sont réceptifs. Les oreilles seulement réceptives et pas émissives.

M. C. — C'est vrai qu'on dit « lancer un regard ».

F. D. — On dit aussi « jeter un regard »...

M. C. —... un regard blessant...

F. D. —... un regard caressant, un regard vide, un regard qui lance des éclairs.

M. C. — Qu'est-ce qu'on dit pour le nez ?

F. D. — Le nez n'est que réceptif, comme les oreilles. Le nez ne peut que se bloquer pour ne pas respirer si ce qu'il perçoit ne lui convient pas, par exemple le froid. Si l'air est trop froid, il peut y avoir un blocage respiratoire...

M. C. — Mortel ?

F. D. — Cela peut aller jusqu'à la mort... On ne peut plus laisser l'air entrer, du fait de la surprise perceptive par le froid. Mais ça n'est que réceptif ; la seule action, pour le nez, est de refuser. Pour l'oreille, c'est la même chose. L'oreille peut recevoir, mais elle ne peut pas émettre. Le plus primitif, c'est le nez. Et les oreilles...

M. C. — Il est vrai que les yeux s'ouvrent les derniers chez l'enfant nouveau-né.

F. D. — Non, je crois que ça n'est pas vrai que les êtres humains ne voient pas quand ils naissent... Nous disons qu'ils ne voient pas d'un point de vue scientifique. Quand l'enfant ouvre les yeux, on ne sait pas ce qu'il voit, mais il voit la lumière. Les yeux peuvent alors se protéger par la paupière. Nous avons d'ailleurs à protéger nos organes. Nous sommes leurs gardiens !

M. C. — Nous pouvons aussi abaisser nos protections par amour ? Croire ce que l'autre dit, même si nous ne le ressentons pas ?

F. D. — Et reconnaître que l'autre a des différences de tolérance.

M. C. — C'est l'une des choses que l'on a le plus de mal à admettre, la différence.

F. D. — C'est pour ça que tu parles d'hommes et de femmes. Les hommes ne peuvent parler des femmes qu'en termes de masochisme féminin.

M. C. — C'est-à-dire ?

F. D. — Les filles, au moment de la puberté, ont toutes des rêves de rapt, des rêves de viol, ce sont leurs pulsions génitales qui s'éveillent à leur désir. Leur désir d'être pénétrées, leur désir d'être prises — puisque le mot *prise* veut même dire être fécondée. Elles aspirent à la fécondité qui devra passer par cette expérience...

M. C. — Au point qu'il leur arrive d'être mythomanes sans le faire exprès ? De raconter faussement qu'elles ont été violées...

F. D. — Parce que ça leur fait plaisir de le raconter, tout en ayant évité l'expérience.

M. C. — J'ai raconté un truc comme ça quand j'avais trois-quatre ans, c'était un mensonge énorme et je le savais. Ma grand-mère m'avait dit : « Attention, ne parle pas aux soldats quand tu vas traverser le champ de foire pour aller à l'école. » Il y avait beaucoup de soldats, à l'époque, en France, cantonnés un peu partout. Aucun soldat ne m'a adressé la parole, mais je suis revenue en disant, à la grande inquiétude de ma grand-mère : « Il y a un soldat qui m'a parlé pour m'offrir des bonbons ! »

F. D. — Mais là, on t'avait prévenue, c'est tout à fait autre chose...

M. C. — On m'avait éveillée.

F. D. — C'était aussi une façon de manipuler l'angoisse de ta grand-mère.

M. C. — C'est vrai.

F. D. — Nous cherchons toujours à avoir pouvoir sur l'autre au lieu d'avoir une maîtrise de nous-même. C'est tellement plus facile !

M. C. — Pourquoi ?

F. D. — Parce qu'à l'origine, dans notre petite enfance, nous avons pu voir que nous manipulions notre mère.

M. C. — Mais je n'ai jamais l'impression d'arriver à manipuler personne !

F. D. — Eh bien, ce que tu racontes, de quand tu étais petite, c'était de la manipulation.

M. C. — Mais je n'ai pas manipulé longtemps ma grand-mère ! J'ai avoué le mensonge !

F. D. — Quand tu as agi par ce mensonge, c'était un plaisir. Quel plaisir ? Celui d'avoir transgressé un interdit maternel — à peu de frais, puisque tu n'avais rien éprouvé, que c'était imaginaire —, pour dire que tu avais attiré un homme. C'était ta féminité à l'état brut, sauvage, qui se manifestait de cette façon.

M. C. — Mais je lui ai très vite avoué que ça n'était pas vrai, parce que je n'ai pu supporter son angoisse.

F. D. — Oui, c'était *pour de rire,* comme disent les enfants.

M. C. — Finalement, ça demande du travail, de se maîtriser, mais le jour où tu y arrives...

F. D. —... en vue d'en faire autre chose...

M. C. —... tu es en pleine possession de tes moyens. Tandis que dans la manipulation d'autrui, tu n'es jamais en pleine possession de rien !

F. D. — Heureusement, d'ailleurs, parce que les enfants qui arrivent à être en possession de la manipulation de leurs parents sont gâchés pour la vie. C'est ce qu'on appelle les enfants gâtés.

On peut être un enfant gâté même avec des parents très pauvres, quand on a été le centre absolu de l'intérêt de l'adulte. Quand cet adulte n'a pas son intérêt dans un autre adulte. Et ces enfants, au nom de leurs désirs manifestés, réussissent constamment à faire croire à leur mère que leurs désirs sont des besoins ! *Alors que leurs désirs ont à être parlés, non à être satisfaits.*

M. C. — Tous ces mots que te disent les enfants...

Ils ont un tel génie du langage ? Ils n'ont pourtant pas un gros vocabulaire à leur disposition !

F. D. — Ils ont un vocabulaire symbolique extraordinaire. Je crois que l'être humain est un être de langage dès l'origine.

M. C. — On dit « apprendre à parler ». D'après toi, les enfants se mettraient tout de suite à parler l'essentiel ?

F. D. — Là encore, ils ne parlent peut-être pas l'essentiel avec les gens qui ne veulent pas l'entendre. Ils donnent de la monnaie de singe aux gens qui veulent de la monnaie de singe.

M. C. — Tu penses que l'auditeur fait le parleur ?

F. D. — J'en ai l'expérience : si je fais une conférence, si je parle à quelqu'un, je sais ce que je veux dire, mais je ne sais pas du tout comment je le dis, puisque ce que je vais dire, c'est l'autre qui fait que je le dis, et de cette façon-là.

Moi, je ne m'écoute pas, je sais seulement ce que je voulais faire passer comme message, et l'ai-je fait passer ou non, je n'en sais rien. Je ne prépare pas les mots.

M. C. — Mais tu prépares la visée ?

F. D. — Je voudrais faire entendre aux autres ce que j'ai entendu et compris, comme s'ils étaient à ma place, en ayant eu l'expérience que j'ai. *Parce que j'estime que l'expérience que j'ai ne m'appartient pas, voilà.*

L'expérience que j'ai appartient à tous les autres, si je peux la leur faire en quelque sorte appréhender et si cela les intéresse. J'ai reçu l'expérience de certains que j'aimerais transmettre — c'est en cela que je suis médiateur — à ceux qui auraient besoin d'avoir cette expérience-là pour pouvoir eux-mêmes trouver le moyen de sortir de leurs épreuves.

M. C. — Tu dis que tu as des années de psychanalyse, des années de clinique, et, en même temps, tu penses que ce savoir qu'il t'a fallu tout ce temps pour acquérir...

F. D. —... appartient à tout le monde !

M. C. — Et que tu peux le faire passer comme ça ?

F. D. — Je ne sais pas si je peux le faire passer, mais j'essaie.

M. C. — Quand tu dis « *au service de* », est-ce qu'il n'y a pas opposition entre ces mots et le plaisir dont tu parlais tout à l'heure ?

F. D. — Bien sûr que je prends mon plaisir à être au service des humains ! Je suis heureuse quand des gens m'écrivent : « Grâce à vous, j'ai compris quelque chose de moi et de ma vie qui fait que ça ne m'embarrasse plus maintenant et que je l'ai dépassé ! Cette fureur que j'avais contre ma mère, je l'ai dépassée. Cette inhibition que j'avais d'aller parler aux autres, je l'ai dépassée », etc.

Alors je me dis : « Au moins, pour une personne, tu as fait ça ! » Je parle là des gens qui m'écrivent, pour les autres qui ne m'écrivent pas.

La place que j'ai par mon histoire et par ma formation a permis que je communique aux autres quelque chose qui m'a été communiqué.

M. C. — Quand je t'ai rencontrée, je t'ai dit que tu étais un génie, et cela t'a mise hors de toi !

F. D. — Parce que c'est un mot que j'entends tout le temps, et je ne sais pas ce que cela veut dire ! Ça veut dire quoi ?

M. C. — Tu l'utilises aussi, toi... pas pour toi !

F. D. — Non. Je dis « dans le génie du sexe »... Le génie, pour moi, c'est ce qui engendre du nouveau tous les jours. Le génie de son sexe, c'est ce qui engendre, par la médiation de ce sexe, la rencontre avec d'autres qui va porter fruit. C'est tout !

Mais, quand on dit « quelqu'un de génie », je ne sais pas ce que cela veut dire.

M. C. — Eh bien, moi, quand je te dis que tu es un génie, cela veut dire exactement ça : que tu es quelqu'un qui engendre pour moi du nouveau ! C'est très rare...

F. D. — Si c'est ça, eh bien, tant mieux !

M. C. — Je ne cesserai jamais de dire tant mieux de t'avoir rencontrée, je ne le dirai jamais assez !

F. D. — Mais, pour moi, je suis quelqu'un qui n'a encore jamais assez été, comment dire, réceptrice à tout ce que j'entends ! Je crois que si nous étions vraiment réceptifs à qui est en face de nous, l'autre se sentirait rénové en une seule fois !

M. C. — Tu veux dire qu'une seule séance suffirait ?

F. D. — Sûrement.

M. C. — Pourquoi nous défendons-nous tant contre ce savoir de nous-même ?

F. D. — Nous sommes tellement recouverts de fausses identités...

M. C. — De jeu ?

F. D. — De jeu tricheur, oui...

M. C. — Alors, tu ne crois pas à la nécessité d'une certaine maturation par le temps ? Les gens disent : « Il faut du temps... Il faut laisser faire le temps... »

F. D. — Parce que nous sommes dans le temps, mais il y a une part de nous qui est hors du temps. Il y a une part de nous qui est aussi hors de l'espace.

M. C. — En amour, être hors du temps et de l'espace, cela s'appelle le coup de foudre.

F. D. — Et c'est très trompeur quant à la capacité d'assumer les fruits de ce coup de foudre. On voit des gens avoir un coup de foudre parce qu'ils ont rencontré quelqu'un, mais c'était pour un instant ! Par exemple, chez une femme, ce coup de foudre fait qu'elle va porter un enfant. Et après ?

Cela dit, je crois que toute fécondité est le résultat d'un coup de foudre entre un ovule et un spermatozoïde. Il s'agit, après, d'assumer le fruit de ce coup de foudre.

M. C. — Tu disais, à propos des hommes et des femmes : l'un reçoit et l'autre donne. Ça vaut aussi au niveau des spermatozoïdes et des ovules ?

F. D. — Nous sommes nés de cette rencontre dans une totale inconscience. C'est dans l'inconscient que nous sommes le plus vrai.

M. C. — J'aimerais que tu me parles encore du génie masculin et féminin, de ce « génie du sexe »...

F. D. — Mais moi, je n'y connais rien, au génie masculin !

M. C. — En plus, il y a le mot « homosexualité »

qui vient recouper le tout ! On a tendance à dire aujourd'hui : « Après tout, les gens sont aussi bien hétérosexuels qu'homosexuels, à chacun sa sexualité ! » Quelle est ta position là-dessus ?

F. D. — Je pense que, pour arriver à la vie génitale, nous avons à renoncer à l'émission quand nous sommes femme. Et les hommes ont à renoncer à la réception ; sinon, ils ne peuvent pas s'accomplir en tant qu'hommes. Jusqu'à ce moment du renoncement, nous sommes à la fois actifs et passifs.

Passif, pour moi, ne veut pas dire être rien ! C'est être « attractif »... C'est la rencontre accordée de l'attractif et de l'émissif qui porte fruit. Ensuite, en tant qu'humains, nous avons à assumer le fruit de cette rencontre. Or, c'est la femme, quand il s'agit d'un être humain vivant, qui a à l'assumer pendant neuf mois, avant d'émettre cet être humain hors de son corps.

M. C. — Elle émet aussi ?

F. D. — Elle émet, et elle est mère. Accoucher est une forme d'émission corporelle.

Ensuite, elle est émissive de lait. Mais ce lait n'est pas le sien, c'est celui que l'enfant a préparé en elle pour qu'il y ait de quoi l'assurer vivant un certain temps, puisqu'il n'est pas encore capable de se nourrir d'autre chose que de lait...

M. C. — Ce sont ses hormones à lui qui ont fait le lait de sa mère ?

F. D. — Le lait d'une femme pour chacun de ses enfants a une composition différente... D'ailleurs, on a découvert avec les animaux — nous sommes aussi des animaux ! — que si on met un veau aux mamelles d'une vache qui a vêlé d'une génisse, qui a donc du « lait de génisse », jamais ce veau ne sera un bon reproducteur. Et si on met une génisse au lait d'une vache qui a vêlé d'un petit taureau, eh bien, les gonades de cette future vache seront freinées et elle ne sera jamais une bonne laitière.

M. C. — Autrefois, on trouvait normal de mettre ses enfants en nourrice,

F. D. — On ne savait pas ce qu'on faisait, justement ! Or, on a découvert dans l'élevage des animaux que le lait de la mère contient encore une continuation de la maternance au-delà de la vie intra-utérine, un soutien pour l'être dans sa génitalité future. La mère qui nourrit ce fruit vivant qui est sorti d'elle a encore quelque chose de son corps disponible pour lui. Donner à une génisse un lait qui a été préparé par la vache laitière pour un taureau, cela inhibe chez elle les qualités de la laitière.

Chez les humains, qu'est-ce que cela fait ? Je n'en sais pas beaucoup plus long, cela devrait se travailler...

M. C. — Ce que je trouve souverain dans tes livres, c'est ce sentiment que tu donnes que l'enfant, pas même né, fait presque tout ! Il choisit ses parents, il prépare son lait... A la naissance, si on l'écoutait, il expliquerait comment il a besoin de dormir, de tenir sa tête, d'avancer, de faire des expériences...

F. D. — Si on l'éduquait pour lui en même temps que l'adulte qui l'éduque vit son propre désir pour un autre adulte, celui qui est l'élu du moment, oui, ce serait comme ça !

M. C. — C'est une expérience glorifiante que de mettre au monde un enfant ?

F. D. — Je ne sais pas si c'est glorifiant, c'est simplement être dans sa vérité, assumer sa maternance, pour une femme, mais pas au-delà du temps dont l'enfant en a besoin.

M. C. — Je m'explique mal... Avec cet être tout neuf qu'est un enfant, tu peux peut-être aller plus loin qu'avec un compagnon de ton âge qui a déjà une histoire...

F. D. — Mais il a toute une histoire, cet enfant qui naît ! Il hérite des dettes et des surabondances de ceux qui le mettent au monde.

M. C. — Tu as donc à négocier avec lui comme avec un être qui a déjà un passé ?

F. D. — Mais il a tout un passé !

M. C. — N'est-ce pas du passé des tout-petits que tu t'occupes dans le 15e arrondissement ? A la *Maison verte* ?

F. D. — Ce sont les enfants qui l'ont appelée la *Maison verte*. C'est curieux, parce qu'elle était bleue ! Elle était peinte en bleu et ils l'ont appelée verte ! C'est qu'ils s'y trouvaient vivre de façon végétative, harmonieuse pour eux ; le vert, pour nous, est une référence aux végétaux.

M. C. — Qu'y faites-vous ?

F. D. — C'est un lieu de loisir pour les bébés parmi des enfants de leur âge, en même temps qu'un lieu de loisir pour les mères et les pères avec des adultes de leur âge. Autrement dit, c'est un lieu de socialisation de l'enfant dès sa naissance.

M. C. — Tu les accueilles dès leur naissance ?

F. D. — Même avant ; il y a des femmes enceintes.

M. C. — J'avais cru comprendre que vous y parliez de la place de l'enfant dans la famille, de son histoire, de la façon dont il a été attendu...

F. D. — On ne parle de rien du tout ! Il y a des mères qui viennent et qui lisent un roman policier pendant que leurs enfants s'amusent avec d'autres enfants...

M. C. — N'est-ce pas ce qui se passe dans un parc public ?

F. D. — Non, parce qu'à la *Maison verte*, l'enfant est en sécurité du fait des personnes d'accueil, latérales à la mère, qui lui permettent de vivre dans ses intérêts à *elle*. Alors que dans un parc public, on a la responsabilité d'un enfant qu'il faut surveiller, puisqu'il n'a pas encore le sentiment du danger qui peut lui arriver. Alors, si la mère est tout le temps à prévoir des dangers, elle empêche son enfant de prendre des risques. Un enfant dans un jardin public est soumis à des agressions d'autres enfants : ce sont des expériences de communication ratées, c'est-à-dire qui font plaisir seulement à l'un et pas à l'autre ! Nous, les personnes d'accueil, nous parlons de cette expérience, mais nous ne la jugeons pas en bien ou en mal. Et ils sont tout étonnés de ne pas être grondés, que ce ne soit qu'une expérience. Au bout de deux ou trois de ces communications ratées, mais qui ont été parlées, les enfants s'admettent les uns les autres et deviennent amis.

M. C. — Quels que soient l'âge ? le sexe ? la classe sociale ?

F. D. — Rien n'a été culpabilisé, on exprime de façon symbolique, par des mots, une communication ratée qui n'est pas coupable : ça n'est pas commode d'être moins fort qu'un autre !

M. C. — Tu dis que les enfants ont très peur de redevenir petits ?

F. D. — Parce qu'ils ont justement le sens de leur croissance.

M. C. — La naissance d'un puîné peut les mettre en danger ?

F. D. — Jusque-là, l'aîné, quand il est petit, n'aime que des plus grands que lui. Voilà qu'il y a un petit qui se met à être objet d'attention de la mère. Il y a donc valeur du plus petit que lui ! Comme il ne peut pas s'identifier à son petit frère, il va s'identifier à lui quand il était petit, c'est-à-dire qu'il s'invagine dans son histoire, par un tassement dans sa propre histoire, et il en perd son allant-devenant dans le « génie de son sexe », c'est-à-dire cette identité tous les jours nouvelle, à la conquête d'un soi nouveau tous les jours.

M. C. — Tu parles surtout de la mère.

F. D. — C'est parce qu'elle est la première médiatrice à la société, la première médiatrice à la réalité du père. Le père est à l'intérieur de l'enfant biologique qu'il lui a donné. Mais si la mère ne lui parle pas du père et qu'il ne le voit pas, l'enfant ne connaît rien du père. Il faut que cela lui soit dit par des mots.

La mère est non seulement la médiatrice de la nourriture matérielle, elle est aussi la médiatrice des soins nécessaires à l'enfant. Le père peut jouer le rôle de médiateur à ce moment-là, mais si le père prend l'enfant comme but de son désir, alors il rend l'enfant infirme, puisque celui-ci a pour but le désir de se développer dans son sexe pour aller vers l'autre sexe. Si l'adulte le prend, lui, comme modèle, l'enfant ne peut pas, avec cet adulte, avoir un modèle qui l'entraîne à aller vers un troisième.

M. C. — Quel troisième ?

F. D. — Quand nous sommes bébé, si l'adulte ne contient pas au moins dans sa parole l'existence du troisième comme essentiel et fondateur de sa relation avec l'enfant, cet enfant devient un être incestueux, imaginairement, car si la mère ne parle pas du père de l'enfant, du géniteur avec lequel elle a eu l'enfant, avec quel homme l'a-t-elle eu ? Quel homme lui donne-t-elle alors comme modèle ? L'homme qu'elle possède en elle depuis toujours, c'est-à-dire son propre père. Et elle en fait un enfant incestueux de son grand-père. Symboliquement, sans le savoir, simplement parce qu'elle ne parle pas du géniteur de l'enfant comme d'un être valable grâce auquel elle a pu l'avoir ; et parce qu'elle ne lui dit pas qu'elle deviendra aussi bien qu'a été son père, le jour où elle a conçu cet enfant ; que, sans cet homme, elle ne l'aurait pas conçu.

M. C. — Tu dis « grandir pour aller vers l'autre sexe ». Et l'homosexualité, alors, j'y reviens... ?

F. D. — L'homosexualité aussi est passivité/activité qui porte fruit. Il n'y a qu'au moment de la maturité gonadique que le fruit ne peut être porté que génitalement, en réceptivité chez la femme et en émission chez l'homme.

Mais il y a danger, depuis que l'on est petit, à s'identifier à un qui est passif par rapport à un qui est actif. Dans le développement de l'être humain, les pulsions sont des deux sexes. Sexe actif/masculin, sexe passif/féminin. Donc, dans les désirs qu'il manifeste au fur et à mesure de son évolution, l'être humain est de toute façon forcément les deux, jusqu'au moment de sa vie génitale, où il ne peut être que l'un. Sinon, il ne portera pas fruit.

M. C. — Est-ce qu'on peut être homosexuel et porter des fruits ?

F. D. — Le corps d'un homosexuel peut porter fruit. Mais symboliquement. Si un enfant prend modèle dans ses comportements sur un homme qui a voulu l'avoir comme s'il était une femme qui met au monde un enfant, eh bien, cet enfant est induit à devenir en quelque sorte homosexuel.

M. C. — Cela ne veut pas dire qu'un homosexuel ne peut pas être créateur, porter fruit socialement ?

F. D. — Au contraire, c'est même les homosexuels qui sont culturellement et socialement les plus créateurs. D'ailleurs, il n'y aurait pas de société sans homosexualité, sans renoncement à la génitalité.

M. C. — Parce que, chez eux, il y a renoncement ?

F. D. — Oui. Mais, entre renoncement et inhibition, il y a une différence. Chez les homosexuels, il y a une angoisse face à une génitude qui n'est que masculine ou féminine. Et une angoisse d'aller avec l'autre sexe auquel ils ne peuvent pas s'identifier.

Tous les humains passent par une période homosexuelle, et on le voit bien dans le développement de l'enfant, quand il y renonce. Quand le garçon renonce à sa mère qui est tout pour lui, il y renonce par peur de l'inceste, et il se met à ce moment-là à l'écoute totale de son père. Il est pervertissable par son père si le père le prend comme objet d'amour, sans avoir, lui, comme objet d'amour une femme.

Mais si le père lui donne comme rival d'amour un homme, il va s'identifier à cet homme que son père choisit pour ses colloques les plus heureux. L'enfant voit bien qui rend heureux son père et sa mère...

M. C. — Rend heureux, ou désire ?

F. D. — L'enfant ne voit que le regard allumé de sa mère ou de son père face à quelqu'un. Le langage des gestes, le langage de l'échange n'est ni homosexuel, ni hétérosexuel, c'est un échange de choses, et les choses n'ont pas de sexe, même si, dans le langage, en français, il y a des articles qui ont l'air de donner un sexe aux objets : *la* table, *le* fauteuil.

Les humains ne peuvent pas se passer d'une différence, mais cette différence est toujours en vue d'une sexualité. Et il y a des fécondités sublimées, homosexuelles, très fortes.

M. C. — Proust, Michel-Ange...

F. D. — Bien sûr !

M. C. — Cela ne veut pas dire qu'ils ont la vie facile !

F. D. — Ils se paient du fait que leur stérilité — cela doit te toucher, toi qui ne peux pas avoir d'enfants — doit se féconder ailleurs.

M. C. — Oui.

F. D. — L'être humain a comme le besoin de laisser une œuvre après lui, et c'est extraordinairement réconfortant, si on le peut, de laisser une œuvre vivante. *Rien que de parler est une œuvre.* Nous ne savons pas ce que notre parole fait sur autrui... Et il y a quelque chose d'extraordinairement réconfortant pour un être humain à avoir mis au monde une vie charnelle, quand on quitte la sienne.

M. C. — Et quand ça n'arrive pas, comme à moi ?

F. D. — Justement... Tu n'as pas de consolation à ton angoisse, quand tu échoues. Et c'est bien plus dur à vivre.

M. C. — Peut-être que c'est ce qui me pousse à avancer ?

F. D. — Il n'y a pas que pour toi. Cette fécondité qui n'est pas matérialisée, cette déprivation de laisser des vivants après soi, c'est une épreuve que tous les homosexuels ont aussi à vivre à un moment donné.

M. C. — Je devais avoir vingt-cinq ou vingt-six ans quand j'ai rencontré Jean Genet. Je ne l'ai vu qu'une fois, nous avons déjeuné ensemble, des amis communs nous avaient mis en présence, et il m'a dit quelque chose qui m'a horriblement déplu : « Vous êtes comme moi. Vous ne pouvez pas avoir d'enfants, vous êtes tout à fait comme moi ! »

F. D. — C'est très important. Il t'a dit quelque chose de vrai. Il t'a dit : « Vous êtes comme moi dans l'épreuve de la stérilité humaine. » Mais il n'a pas été culturellement stérile.

M. C. — Aujourd'hui, grâce à toi, je puis me réconcilier avec cette parole. A l'époque, je n'ai jamais plus voulu revoir Jean Genet, je ne voulais pas qu'il m'identifie à un homosexuel masculin !

F. D. — Il t'identifiait à quelque chose d'autre dans

la parole. Il te disait : « Vous êtes dans la même épreuve que moi. »

M. C. — Je ne l'ai pas saisi, alors. Et je suis restée muette. Indignée et muette ! Est-ce qu'il y a des choses qui te laissent sans mots ?

F. D. — Il y en a beaucoup.

M. C. — Je te vois toujours avec des mots, je t'entends toujours avec des mots...

F. D. — Tu me dis : « Tu es toujours avec des mots. » Non, je ne le suis pas toujours ! J'ai aussi beaucoup de silences.

M. C. — Chaque fois que je te dis quelque chose, tu m'apportes des mots supplémentaires. Y a-t-il des moments où, tout à coup, tu ne trouves plus tes mots ? Où tu te dis : « Tiens, là, je n'ai pas de mots ! »

F. D. — Devant la mort, il n'y a pas de mots. C'est sans possibilité d'en rien dire.

M. C. — Il n'y a pas à chercher à en mettre, pour l'humaniser ?

F. D. — On peut chercher à en mettre, mais ensemble, à beaucoup. Quelqu'un qui vient d'éprouver le deuil d'un être cher n'a pas de mots. Je viens de vivre cette épreuve. Devant cette absence de mots, qu'est-ce qui revient ? Les mots qui ont été dits par ce mort, et ce sont ceux-là qui nous réconcilient avec lui. Nous n'avons pas de mots, sauf les siens quand il était vivant. Des mots qui portent encore vie, bien qu'il n'y soit plus.

M. C. — Ce sont des mots qui n'ont pas forcément trait à sa propre mort ?

F. D. — Non, mais qui sont notre propre sidération devant ce mystère que, tout à coup, il ne peut plus communiquer par des mots avec nous.

M. C. — As-tu le sentiment de faire une théorie, as-tu le sentiment d'avoir maintenant en toi une sorte de grille qui fait que, dans certaines situations, tu repères tout de suite ce qui se passe ? Ou est-ce que tu es chaque fois complètement dans l'inconnu ?

F. D. — Il y a à la fois une expérience du cheminement de moi et des êtres dans leur évolution, quels qu'ils soient, pas plus celui-là qu'un autre. Et puis, il y a en même temps la certitude que celui-là est autre que la grille de la théorie, et que c'est ça qui est passionnant.

M. C. — Le fait que tout vivant se révèle autre te permet-il d'enrichir et de modifier ta théorie ?

F. D. — Je ne cherche pas du tout à enrichir ma théorie.

M. C. — Il y a des gens qui sont des chercheurs, qui sont tout le temps en train de chercher à comprendre davantage de l'être humain. Ta démarche est moins intéressée ?

F. D. — C'est difficile à te dire... Je crois que mon but est qu'un être humain se rencontre lui-même à travers sa rencontre avec moi. Je pense en effet que chaque fois que *nous ne comprenons pas un être humain, c'est ce moment-là qui est important pour lui.*

Moi, psychanalyste, j'écoute, et quand je ne comprends pas du tout ce qu'il y a derrière ce qu'on dit et veut me dire, eh bien, je reçois tout ça dans un très fort sentiment d'impuissance. Et le désir qu'au moins l'on se comprenne à travers moi.

Tu vois, c'est difficile de répondre à ta question !

M. C. — Dans mon expérience personnelle avec toi, quand arrive le moment où je me comprends à travers toi, j'éclate de rire !

F. D. — Parce que le rire, c'est la vraie vie. La joie de se sentir dans l'instant immédiat ! Qu'est-ce que c'est que le rire ? Ça secoue le diaphragme, c'est respiratoire. Le rire, c'est une détente du muscle de la respiration...

M. C. — Quand tu parles des besoins des bébés, j'ai remarqué que tu mettais l'air d'abord, avant la nourriture.

F. D. — L'air, c'est ce qui permet de vivre. D'abord au fœtus qui sort du ventre maternel : comme il ne reçoit plus l'oxygène par le sang de sa mère, il faut que son sang soit oxygéné par sa propre respiration, sinon il ne peut plus survivre. La survie dépend de l'air.

Mais l'air vide de paroles est un air pour mammifères. Tandis que l'air scandé de sonorités témoigne à distance de ce que vous êtes pour l'autre un autre existant.

M. C. — Tu crois qu'on a tout le temps conscience de cet air que nous aspirons ensemble, qui nous sépare et nous rapproche ? De cet air humanisé...

F. D. — *Je crois que l'air, c'est le placenta commun à nous tous.* Nous quittons notre placenta individuel pour entrer dans le placenta des vivants, le même placenta qui entoure notre mère et notre père. Comme tous les vivants autour de nous, c'est par l'air que nous recevons la survie au jour le jour, à la minute la minute.

L'air — à moins qu'il ne soit étouffant, alors c'est la souffrance du besoin non satisfait — est un lieu de désir, de rencontre de l'autre. Pas seulement de rencontre d'oxygène pour que survive notre corps. Nous vivons de l'oxygène de l'amour d'autrui, d'un autre qui nous reconnaît vivant tout autant que lui, et qui entre en relation avec nous.

M. C. — Les gens oublient qu'ils sont dans l'air, qu'ils vivent par lui...

F. D. — Oui, on oublie.

M. C. — Si tu es collée contre quelqu'un symboliquement, là aussi tu n'as plus d'air, plus la place de lui parler... Tu peux me dire quand tu es fatiguée ?

F. D. — Je crois que je commence...

Du même auteur :

Un été sans histoire, roman, Mercure de France, 1973 ; Folio, 1977.
Je m'amuse et je t'aime, roman, Gallimard, 1976.
Grands Cris dans la nuit du couple, roman, Gallimard, 1976 ; Folio, 1982.
La Jalousie, essai, Fayard, 1977 ; rééd. 1994.
Une femme en exil, récit, Grasset, 1979.
Un homme infidèle, roman, Grasset, 1980 ; Le Livre de Poche, 1989.
Divine Passion, poésie, Grasset, 1981.
Envoyez la petite musique..., essai, Grasset, 1984 ; Le Livre de Poche, Biblio/essais, 1987.
Un flingue sous les roses, théâtre, Gallimard, 1985.
La Maison de jade, roman, Grasset, 1987 ; Le Livre de Poche, 1988.
Adieu l'amour, roman, Fayard, 1987 ; Le Livre de Poche, 1988.
Une saison de feuilles, roman, Fayard, 1988 ; Le Livre de Poche, 1989.
Douleur d'août, récit, Grasset, 1988 ; Le Livre de Poche, 1990.
Quelques pas sur la terre, théâtre, Gallimard, 1989.
La Chair de la robe, essai, Fayard, 1989 ; Le Livre de Poche, 1991.
Si aimée, si seule, roman, Fayard, 1990 ; Le Livre de Poche, 1991.
Le Retour du bonheur, essai, Fayard, 1990 ; Le Livre de Poche, 1991.
L'Ami chien, récit, Acropole, 1990.
On attend les enfants, roman, Fayard, 1991 ; Le Livre de Poche, 1993.

Mère et filles, roman, Fayard, 1992 ; Le Livre de Poche, 1993.

La Femme abandonnée, roman, Fayard, 1992 ; Le Livre de Poche, 1995.

Suzanne et la province, roman, Fayard, 1993.

Oser écrire, essai, Fayard, 1993.

L'Inventaire, roman, Fayard, 1994 ; Le Livre de Poche, 1996.

L'Inondation, récit, Fixot, 1994 ; Le Livre de Poche, 1996.

Ce que m'a appris Françoise Dolto, Fayard, 1994.

Une femme heureuse, roman, Fayard, 1995 ; Le Livre de Poche, 1996.

Une soudaine solitude, essai, Fayard, 1995 ; Le Livre de Poche, 1997.

Le Foulard bleu, roman, Fayard, 1996 ; Le Livre de Poche, 1997.

Ils l'ont tuée, Stock, 1997.

Composition réalisée par JOUVE

IMPRIMÉ EN FRANCE PAR BRODARD ET TAUPIN
Usine de La Flèche (Sarthe)
LIBRAIRIE GÉNÉRALE FRANÇAISE - 43, quai de Grenelle - 75015 Paris.
ISBN : 2-253 - 14381 - 2

31/4381/5